KB010371

문학과지성 시인선 569

세트장

김선오 시집

문학과지성사

문학과지성 시인선 569
세트장

초판 1쇄 발행 2022년 5월 4일
초판 4쇄 발행 2024년 5월 9일

지 은 이 김선오
펴 낸 이 이광호
주 간 이근혜
편 집 박선우 최지인 이민희 조은혜 방원경
펴 낸 곳 ㈜문학과지성사
등록번호 제1993-000098호
주 소 04034 서울 마포구 잔다리로7길 18(서교동 377-20)
전 화 02)338-7224
팩 스 02)323-4180(편집) 02)338-7221(영업)
전자우편 moonji@moonji.com
홈페이지 www.moonji.com

ISBN 978-89-320-4013-4 03810

이 책은 서울특별시, 서울문화재단 '2022년 창작집 발간 지원사업'의 지원을 받아 발간되었습니다.

문학과지성 시인선 569

세트장

김선오

시인의 말

언제부턴가 흰머리가 난다.
거울 속 어딘가 반짝거린다.
뽑아야 하나 자세히 보면 사라지고 없다.

몇 개의 머리카락을 집어 올려 보지만
온통 새카만 것들뿐이다.

2022년 5월
김선오

세트장

차례

3부

4부

해설

1부

하농 연습

하농 연습하며

기차가 돌아오고 있었다

하농 연습하며

하얀 눈이 하얀 밤이

산산조각 나고 있었다

하농 연습하며

아파트가 가지런했다

하농 연습하며

연 날렸다

연이 쓰러질 때까지

하농 연습하며

하늘이 구름을

구름이 결말을

표현하고 있었다

하농 연습하며

젤리, 아몬드 먹기

구미베어의 초록색 살갗

속에서 빛이 잠드는 모습 보기

하농 연습하며

단발머리와 결혼했다

하농 연습하며

흰쥐와 검은쥐를 보살폈다

하농 연습하며

내시경을

네게서 쏟아지던 새빨간 열쇠들을

하농 연습하며

무한의 목록을 샀다

하농 연습

하농 연습

언제쯤 나는 쇼팽을

무수한 놀이

천 개의 트라이앵글이 바다 위로 쏟아져 내린다

이 일은 아주 느리게
일어난다

해변의 마을에서 살인이 벌어지고, 살인과 무관한 칼이 백사장에 버려져 있고

천 개의 트라이앵글이 느리게
바다 위로 쏟아져 내린다

트라이앵글 사이를 날아다니는 새들

곧이어 인파가 몰려들 것이다 깨끗한 칼은 젖은 모래에 덮여 있고

그것을 비추는 빛 없이도 빛나고 있다

천 개의 트라이앵글이 수면에

닿기 직전

무릎을 세우며 해변으로 달려오는 사람들

옷 속에서 점차 부드러워지는 살처럼
칼은 모래 밑의 악기

허공의 뼈
천 개의 트라이앵글
빛 없이 빛나는 천 개의 빗방울

각자의 몸에 담긴 피가 출렁인다

칼의 주변에 발자국이 생겨나요 칼을 둘러싼 모든 곳이에요 시달리는 맨발들, 어둠 속에서 살아 있는 새들

해변에 늘어선 인파가 기도한다 살인자를 잃어버렸지만
칼을 찾게 해주세요

그는 운이 나빴지
그는 운이 나빴다네
돌림노래와 천 개의 트라이앵글

죽은 자가 가라앉는 동안

물속으로
물속으로

뼈 어긋나는 소리와 합창단

기도를 모래가 모래 속으로 사라지듯이 해
파도의 머릿수를 세면서 해

천 개의 빈터를 가진
천 개의 트라이앵글이

반드시 천 개의 트라이앵글이

바다에 빠지는
그 순간에……

폭우가 쏟아지던 날
나는 개의 두 다리를 붙잡고 밤새 이야기를 들려주었다

다음 날에도, 그다음 날에도 개는 검은 눈을 반짝이며
듣고 있다 이런 이야기는 처음 들어본다는 듯이

세트장

너와 돌 사이에서 소리 질렀다. 너와 돌과 너와 돌과 조금 갈라지는 피부.

폐교 안에 있었다. 계단을 오르며 꿈이 설계되고 있음을 알았다. 꿈은 벌써 며칠째 숲을 부수고 빈터를 지었다. 그곳에 너를 서 있게 하려나 보다.

벽을 부수며 뻗어나가는 실금. 네가 내 눈앞에서 순식간에 손바닥을 펼쳤던 순간. 나는 고개를 숙이고 바닥에 떨어진 슬레이트들을 주웠다.

춤과 뼈와 춤과 뼈. 조금 흔들리는 살.

옥상은 낙하 장면을 도왔다. 바닥이 노출되기 전에 건물은 절단되었다. 죽음이 내레이션으로 처리되었다.

그저 나긋하고 부드러운 움직임만이, 콘크리트와 병치되어 있는,

결말부.

몇십 년 동안 모은 거야. 너는 죽은 잎들로 가득한 채집통을 내게 건넨다. 다리가 많이 아팠다고 탱탱 부었다고 웃으면서.

돌과 입맞춤*

방은 모래로 된 천국으로 나를 옮긴다. 방에는 시계가 없다. 흰 머리카락이 바닥에 즐비하다.

"천국은 존재 여부와 무관하게 기능합니다."

모래는 대체로 물에 인접해 있다. 천국의 질료라는 증거였다. 오래전 나는 천국에 의해 부드러운 습격을 당했다. 아문 자리는 뼈와 살이 되었다.

창밖으로 보이는 것은 단순했다. 구름, 나무, 까맣게 지나가는 머리들. 잎의 뒷면들, 작은 사막, 삼각형, 낮게 나는 비행기, 늘어지는 거대한 천(색이 자꾸 변했다)

방은 적막하고 나는 게을렀다.

"옮겨지는 동안 눈을 뜨세요. 걸리는 시간은 예측할 수 없습니다."

나는 내가 먹은 음식과 내게로 쏟아져 내린 빛의 총합이었다. 방에는 거울이 많았다. 보고 있음을 보고 있을 수 있었다. 시선의 마감이 시선의 탄생과 중첩되었다.

방은 지구 위에 있었다. 방은 마음만 먹으면 영원토록 지구의 가운데일 수 있었다. 그러나 누가 마음을 먹어야 하는지가 문제였다. 방은 어쩌면 지구의 마음인지도 몰랐다. 지구는 수억 개의 마음으로 가득한 신체일 수도.

몇 개의 살아 있는 화초와 몇 개의 죽어 있는 화초가 있었다. 자고 일어나면 죽어 있던 화초가 살아나기도 하고 살아 있던 화초가 죽어버리기도 했다. 화분은 커졌다가 작아졌다가 머리맡에서 창가로, 욕실에서 싱크대 안으로 위치를 바꾸다가 마침내 나의 꿈속으로 옮겨지기도 했다.

꿈에서 나는 그들에게 물을 주고 싶었다.
조금의 모래도 섞이지 않은 고요한 물을.
그러나 물의 표면에는 언제나 죽은 곤충들이 떠다녔다.

어느 날 나는 나라는 방에 갇힌 내장들에 관해 이야기해야 한다는 생각에 사로잡혔다. 그러나 그것들을 본 적 없다. 본 적 없다. 본 적 없다. 본 적 없다는 말은 겹쳐지는 어둠이 되어 머리 속을 까맣게 채웠다. 나는 내장의 시야를 벗어날 수 없지만 그것을 본 적 없다. 통증만이 내장의 존재 여부를 알려왔다. 배 속에도 봄이 오고 가을이 왔다.

졸다가 눈을 뜨면 창밖의 설경이 방을 조금 침범해 있기도 했다. 눈송이가 각자의 빛을 물고 방 안으로 날아들어왔다. 방은 느린 속도로 눈밭이 되어가는 것처럼 보였다. 어쩌면 방은 눈밭의 여운일지도 몰랐다.

"세계 위에 그냥 떠 있으세요. 가라앉지 마세요."

방이 건물의 어디쯤 위치할지 고민하는 일은 꽤 재미가 있었다. 해가 지는 방향은 매일 달랐다. 보는 이의 시선을 조금씩 배반하는 방식이었다. 그처럼 나는 방이 건물 안에서 조금씩 자신의 위치를 옮기고 있음을 알았다. 건물을 빙글빙글 돌아다니는 방 안을 빙글빙글 돌아다니는 것이 나의 일이었다.

나는 방과 친밀하다고 할 수도 있을 것이다. 가끔은 방이 내 안에서 돌아다닌다고 할 수도 있을 것이다.

눈보라가 끝나면 맑은 날이 끝나지 않았다. 창을 등지고 요리하면 재료는 구름의 움직임에 따라 밝아졌다 어두워지기를 반복했다. 빛을 이루는 실들이 부엌의 벽에서 자주 엉켰다.

하루는 어두워진 도마가 한참 동안 밝아지지 않아 뒤를 돌아보았다.

창밖에 사람이 있었다.

사람이라니……

나는 흉기에 찔린 것처럼 멈췄다. 그는 창을 등지고 서 있었다. 그의 상반신 그림자가 나의 채소들을 어둠 속에 가두고 있었다.

그와 내가 서로의 반대편에서 얇은 유리를 등진 채 얼마나 서 있었는지 알 수 없었다. 그는 아무 곳도 향하고 있지 않았다. 단지 서 있음을 위하여 서 있는 것처럼 보였다. 내가 그를 바라보지 않았던 영원의 시간 동안 그는 서 있었을 것이다. 그러나 내가 그를 바라보았으므로 그는 검은 뒤통수를 움직일 것이다.

문득 나는 내가 그의 영혼 같았다. 그의 존재로 인해 내가 방이라는 착시적 현상 속에 머무는 것 같았다.

썰어둔 채소들이 창백해져갔다. 물기가 느리게 증발하고 있었다.

그러나 다름은 빠르게 식별되었고, 그와 나는 영혼과 육체의 관계가 아님을 알 수 있었다.

그의 머리, 그의 기립, 그의 태양, 그의 어지러움, 그의 먼지, 그의 저수지, 그의 종이비행기, 그의 연주, 그의 졸음, 그의 밥, 그의 낮, 그의 절뚝거림, 그의 이빨, 그의 궁전, 그의 번지점프, 그의 귀여움, 그의 거품, 그의 리듬, 그리고

나는 그를 봄으로써 그보다 내가 선행하고 있음을 확인하고자 하는가?

천천히 그를 보았다. 그는 나를 돌아보지 않았다.

그는 돌을 들고 있었다.

돌을 들고 있었다.

나의 시선이 그의 손에 쥐어진 돌로 옮겨지는 순간, 그는 오른편으로 달려 나갔다. 돌을 그대로 쥔 채였다.

도마 위의 그림자가 거두어졌다.

나는 순식간에 그와 돌을 잃었다.

채소는 갑자기 땅에서 뽑혀 나온 것처럼 생기가 돌았다. 공기 중의 수분이 모두 채소의 몸속으로 빨려 들어간 것처럼.

어째서 창문의 길이는 저게 전부인가. 창이 방을 모두 둘러쌀 만큼 길었다면 그의 달리기를 더 오래도록 볼 수 있었을 텐데.

밤에는 돌 속에서 달리는 꿈을 꾸었다.
그곳은 영원한 어둠이었다.
그러나 꿈은 깨지는 장소였다.

그가 돌을 쥐는 방식으로
나는 칼을 쥐어보았다.

비누를 돌처럼 쥐어보았다.
귀를 돌처럼 쥐어보았다.
열대어를 돌처럼 쥐어보았다.
형광등을 돌처럼 쥐어보았다.
살충제를 돌처럼 쥐어보았다.
왼손을 돌처럼 쥐어보았다.
향수를 돌처럼 쥐어보았다.
오렌지를 돌처럼 쥐어보았다.
바이올린을 돌처럼 쥐어보았다.
허공을 돌처럼 쥐어보았다.
물을 돌처럼
밤을 돌처럼

빛을 돌처럼 쥐어보았다.

결국 그가 돌을 돌처럼 쥐고 있었다는 결론에 이르렀다.

잠에서 깨어났을 때 죽어 있던 화초가 어항으로 변해 있었다. 어항 속에 석양이 지고 있었다. 그 사이로 푸른 돌들이 헤엄치고 있었다.

그는 내 방에 드리워졌던 것이다. 나는 그 사실을 깨닫고 침대에서 굴러떨어질 뻔했다. 그가 사라진 창에는 내가 비쳤다.

"천국의 방향은 시곗바늘이 가리키는 시계의 바깥입니다."

나는 책을 펼쳐서 읽기 시작했다. 그러나 하나의 문장이 시작되면 이전 문장이 머릿속에서 휘발되었다. 책을 덮을 때까지 모두 다른 한 개의 문장만을 읽을 수 있었다. 오직 한 문장만을.

모든 문장이 다음 문장을 침범하지 않았다.

모든 문장이 이전 문장을 경험하지 않았다.

수천 개의 도시에서 울리는 안내 방송처럼 머릿속에서 다른 목소리로 외쳐졌다.

마지막 문장을 읽고 나서는 어떤 비명을 들은 것 같았지만, 기분 탓이었다.

글자들은 물에 빠진 듯 머릿속에서 번졌다.

뒤를 보면 언제나 맑은 날이었다.

빛 뭉치가 방 안을 날아다녔다.

몇 번의 샤워. 몇 번의 못질. 몇 번의 식사가 끝나고, 몇 번째로 식탁을 닦다가 고개를 들었을 때. 창밖에 그가 서 있었다.

그의 어깨가 나무를, 그의 머리가 구름을 가리고 있었다. 측면으로 들어온 빛이 그의 모서리를 잠시 비추었다.

식탁은 여전히 더러웠다.

그가 또다시 달려 나갈까 봐, 나는 시선을 오른쪽 몸통으로 옮기다가, 문득 그의 왼손을 내려다보았다. 돌이었다.

손가락에 둘러싸인 돌이었다.
한낮의 돌이었고
엉켜 있는 어둠이었고
물결의 손에 들린 바다였다.
돌은 하나의 공터였다.

(돌도 나를 보고 있는가, 돌 위에서 떠진 눈이 있는가)

색종이가 비행기가 되듯이. 털실이 스웨터가 되듯이. 비행기가 색종이를 기억하고 스웨터가 털실을 기억하듯이. 이차원의 비행과 일차원의 온기를 간직하듯이.

돌의 기억이 드러나듯이 그가 있었고, 그의 기억이 드러나듯이 돌이 있었다.

문득 식탁을 닦고 있었다는 사실이 떠올랐다. 여전히 더러운가.
고개를 들었을 때 그는 사라지고 없었다.

좀처럼 이곳을 벗어날 수 없구나.

산의 정상과 내 방 사이에 눈보라가 쳤다. 현악기의 줄처럼 고르게 날아오는, 간혹 튕겨 나가는 눈송이들.
나의 발끝과 정수리 사이에 피가 흐르고 있었다.

"엎드리세요. 서서히 천국으로 끌려가세요."

하나의 운동장이 사라지는 동안 몇 개의 달리기가 시작되는가.
하나의 해변이 사라지는 동안 몇 개의 모래성이 함락되는가.
끝없는 실에는 몇 개의 매듭이 묶였다 풀려나는가.

졸음은 나를 잠시 방으로부터 빼어 가기도 했다. 심해 같은 잠에 빠져 있을 때도 있었다. 잠 속에서 소리 없는

폭포가 쏟아졌다. 폭포의 허리쯤에 수백 개의 무지개가 쌓여 있었다.

무릎을 감싼 채 아침이 왔다. 내리는 비 사이에 고여 있는 세상.

방 안에 바위가 생겨났다.
나는 유물처럼 창밖에 갇혀 있다.

그는 식탁에서 밥을 먹는다.
말한다.

아, 맛있다. 고마워.

* 카를로 로벨리, 『시간은 흐르지 않는다』, 이중원 옮김, 쌤앤파커스, 2019.

범세계종

저온의 회전목마를 탄다. 저온의 기쁨이 시작된다.

렌즈가 목마를 투시한다. 말 모양의 어둠이 촬영된다.
필름은 내장된 미래였다. 빛에 의한 가연성과 불연성을 동시에 지니고 있었다.

음악이 몸 밖으로 꺼내놓는 기쁨의 윤곽.

여기 폐장한 놀이공원 아니었나.
꽃들이 피딱지처럼 얹혀 있는.

당신은 나무에 기대어 있다. 당신은 두 개의 미래를 들듯이 두 개의 카메라를 들어 올린다. 하나에 네거티브필름이 다른 하나에 컬러필름이 들어 있다. 당신은 음악이 필름 속으로 흘러 들어가도록 돕고 있다. 오르골 소리가 빛나는 저수지가 되어 사진 안에 고일 수 있도록.
당신은 번갈아 셔터를 누른다.

저온의 셔터를.

내려오는 저온의 눈송이들을.

사랑인가.

말을 타고 반시계 방향으로 돌고 있는 모습이 어리석어 보이지 않길 바라는.

목마 위에 앉은 것은 내가 아니라 사랑인가.

손을 흔들까.

셔터 소리는 조금 상처가 된다.

찰과상보다 화상에 가까운.

당신은 뷰파인더 너머로 건너오지 않는다. 놀이공원은 자생하는 것처럼 보인다.

우리는 버려진 놀이공원에 남은 웃음의 시체 같은 것을 찍으러 온 건데. 그것은 이미 땅속에서 분해되어 식물이 되고 동물이 되고.

무생물과 식물 사이

동물로서 움직이기

동물로서 모델 하기

상이 입혀진 필름은 새것보다 무거울까
훼손되어 더 가벼울까

아홉 살 때였나, 안경테가 부러졌어.

3층 교실에서 운동장을 내려다보고 있었거든. 그런데 갑자기 안경테가 부러진 거야. 안경이 바닥으로 떨어지고 눈앞이 흐려졌어. 난시가 심했으니까. 그때 축구공이 내 얼굴로 날아왔어.

장담할 수 있어. 축구공이 안경테를 부러뜨린 게 아냐. 나는 축구하는 형들을 보고 있었는데 형들 중 한 명이 나를 본 것 같았는데 분명 눈이 마주치자마자 안경테가 부러졌거든? 그 순간, 안경테가 축구공을 불러들인 것처럼, 느닷없이 공이 내 얼굴을 덮쳤다고.

정신을 차려보니 형들은 온데간데없고 공은 교실 바닥을 굴러다니고 있었고 너무 아팠고 안경테 조각이 지금까지 내 동공 속에 남아 있는 것 같아.

목마가 느려진다.

너무 많은 안경테가 눈앞에 돌아다녀.
어디서든 공이 날아올 것 같아요.

당신은 당신의 눈이 당신을 너무 많이 구성하고 있으며 때때로 스스로가 몸체보다 큰 렌즈를 달고 있는 카메라처럼 느껴진다고 말한다.

오늘 같은 날에는 추위가 놀이공원의 색을 더욱 진하게 만드는 것 같다고.

목마가 멈춘다.
당신은 어느 쪽을 보라고 말하지 않는다.

나를 걷어내려고 한다. 나를 사진 속으로 쫓아내려고 한다.
그러나 내 속의 어둠이 필름 위에 안착한다.

미래는 얼굴을 침식시키나.
교묘하게 일그러진 표정들,
눈 쌓이듯 퇴적되나.

당신은 카메라를 내린다.
두 눈이 드러난다.

투어

한 바퀴만 더……

점차로 작아지는 놀이터 곁을 걷는다. 한 바퀴만 더. 아니 두 바퀴만. 가로등 빛을 등지고 노는 아이가 둘이니까. 조용한 노래가 불린다. 스무 개의 손가락이 얽혀 만드는 그림자 점차로 커졌다 작아졌다 한다. 미끄럼틀 기둥 위로 쏟아지는 그림자들 굽어 있다. 그림자의 유연한 척추—기둥 위에서 펄럭인다. 검은 새가 흩어지고 검은 개가 갈라지고 두 개의 뒤통수 맞붙었다 떨어지는 동안 점차로 작아지는 놀이터 곁을 걷는다. 아 한 바퀴만. 아니 반 바퀴만 더요. 놀이터가 사람만 해진다. 주먹만 해진다. 금세 동전만 해진 놀이터 안에 검고 작은 뒤통수 두 개. 뒤통수들이 만들어내는 그림자 동물 수천 마리 부서지고 사라진다. 고개를 들면 아파트 단지 벗어났네. 어느덧 눈부신 호수 앞이네. 솟아오르는 분수를 빛들이 사방에서 때리고 있다. 굽은 은화를 던진다. 이미 많은 동전이 그 속에 있다.

질문들

가늘어진다. 비처럼 내리는 질문들 가늘어진다. 불을 켜면 방이라는 게 화창해지는데 그곳의 벽이 가늘어진다. 화창함 탓이다. 아니 어둠 탓이다. 과거에 어둠이 팽창했던 탓이다. 벽은 이미 가늘어질 대로 가늘어졌던 것이다. 그런데 이곳이 방이라고. 문에는 '방'이라고 적혀 있다. 공간의 이름인지 공간 주인의 이름인지 알 수 없지만 ㅂ, ㅏ, ㅇ,이라고 적힌다. 질문들 펜촉만큼 가늘어진다. 질문들 차가운 촉감 무수한 기쁨 자체적으로 잃어가는데 이를 가늘어지는 일이라고 부르자. 어쩌면 가늘어지는 사태라고 부르자. 나는 지켜보고 있다. 손을 뻗고 있다. 손 안을 느리게 적시는 질문들. 손금이 굵어진다. 그러나 손을 찢을 만큼은 아니다. 내가 잠길 만큼은 아니다. 이내 질문이 그치고 비가 내린다. 건잡을 수 없이 그러나 방문은 여전히 굵다. 나의 손바닥도 굵다. 어떤 어둠은 불연속적으로 굵어진다. 개중에 얇은 어둠의 부위 뚫고 나의 정수리 조금 드러난다. 머리가 통째로 어둠을 뚫기도 한다. 질문들 다시 두꺼워지는지 모르지만 발음한다. 발음하는 혀는 두껍다. 가느다란 질문을 발음하기에는 아무래도 너무, 그렇다. 그래서 다시 침묵. 방에서도 침묵.

당신 앞에서 침묵. 격렬한 침묵이었다. 누구십니까. 나의 방에서 걸어 나와 빗속으로 사라지는 뒷모습 보고 묻지 않았고.

침범, 노이즈, 산성

바다를 기억 속에서 폐기한다. 굳은 파도를 닦아낸다. 너와 나 사이에 놓인 소라고둥이 흐려진다. 그 속의 어둠이 폭소한다.

너는 도형으로 나타났다. 너는 내가 다섯 살 때부터 설계해온 배의 모형으로 변형되어갔다. 너의 표정이 얼굴 밖으로 떠내려갔다.

어느 날 나는 펌핑한 샴푸가 네 손바닥 위에 착지하는 모습을 보았다. 어느 날 나는 네가 가라앉는 운동화를 건지러 헤엄치는 것을 보았다. 어느 날 나는 네 앞에서 머리를 감았다. 고개를 들었을 때 검은 구체가 허공에서 나를 내려다보고 있었다.

몸은 내가 다녀간 장소와 잘 구별되지 않았다. 나는 너를 구상하는 것으로 여행을 대신했다. 네가 아무리 일그러져도 너를 둘러싼 배경은 빳빳했다.

윤곽은 도형의 터를 빌려 간신히 짐작되었지만 손끝은 충분한 도구였다.

손은 비를 맞고 있었다. 손은 내밀어져 있었다.
만질 수 있는 것은 거기 있다고 믿어졌다.

얼굴…… 얼굴이구나. 따뜻하다.

너는 죽을 때 빛을 포장해 가고 싶다고 했지.
귀퉁이가 접히지 않은 완전한 빛을.
이 기억은 지켜지는가.

나는 자꾸 너의 손과 닮은 눈을 그린다. 눈꺼풀이 없고. 길고 굴곡진. 손짓하는 눈을.
종이 위 수천 개의 시선이 해변을 향한다.

나는 어긋남 없이 붙여진 욕실 벽의 타일들을 무서워한다. 너를 순서대로 열거하면 사이사이의 곰팡이를 닦아내야 했다. 너를 부르면 배 속에서 수증기가 피어올랐다. 입으로 도넛 모양 연기를 내뿜고 싶지 않았다.
도형이 기화하는 모습을 지켜보면서. 사라진 너의 개

수를 세고 싶지 않았다.

어째서 빈터에 파도가 치는가.
해변에서 멀어질수록 우리의 수영이 미숙해지는가.

새가 우리를 본다. 우리는 새의 반짝이는 두 눈을 마주 본다. 거리와 해변으로 양분되려는 너를 새의 눈이 붙들고 있다. 절벽에 서서히 살이 차오른다.

너는 수평선처럼 하나였다. 눈동자의 움직임에도 달라지는 것이 전부 같은 이름에 속했다.

밤의 백사장에 놓인 자판기. 어둠 속에서 동전 부딪치는 소리. 콜라 캔이 떨어진다. 구멍 밖으로 솟구치는 콜라. 빠르게 뒷걸음질 치는 네 개의 발. 사각의 빛 아래 검게 젖어가는 모래.

나는 너를 사람의 수가 아니라 사건의 수로 헤아렸다. 이를테면 십 년 전에 콜라 캔을 따던 너의 오른쪽 엄지손가락에 흐르는 피를 보았는데. 어제의 네가 밀키스 캔을 따다 어느 손가락을 다쳤는지 기억나지 않더라도.

너는 수평선 한 개야.
수평선이 허공에 떠 있어.
거기서 비 맞고 있어.

자, 정체를 들켜서는 안 되는 한 명의 범인을 상정하자.

고전적인 방식으로, 서체가 다른 수십 개의 신문을 펼쳐놓고 가위로 한 글자씩 잘라보자. 그것으로 편지를 쓰는 거야. 편지의 내용? 그건 범인도 아직 모른다.

글자를 자른다. 잘린 글자를 모은다. 무작위로 배열한다. 그것이 편지의 문장이 된다. 저지를 범죄의 내용이 된다.

바닥에 떨어진
낙오된 글자들
낙오된 범죄들

너는 그것들을 보고 있다.

뒤돌아선 너의 어깨를 돌려세우면 얼굴이 있어야 할 자리에 뒤통수가 있고 뒤통수가 연쇄되고 뒤통수는 벌어지고 벌어진 뒤통수 안에 고여 있는

바다……
바다가 우리의 무엇을 영원토록 만드는 게 싫다.

너와 몇 년을 놀다 돌아온 날. 온갖 도형의 이름을 셀 수 없이 검색해보았으나 그것의 생로병사에 관한 자료는 찾아볼 수 없었다.
빛이 도형을 정말 마모시키는지도.
눈밭을 구르는 주사위의 출처에 대해서도.

육면체는 얼음이 녹을 때까지 얼음에 갇혀 있다.

쌓인 눈 위로 비가 내린다.

얼음이 녹으면 육면체는 어디로 가나요.

얼음 속에 잠시 살았던 상들은 모두 어떻게 되나요.

나는 다만 우리가 다시 만날 것임을 알았다.

너의 바깥이 종료된다.
너의 결집이 종료된다.

먼 곳의 고요. 침묵하는 대지가 거느리는 추상.

너의 얼굴이 파랗게 물들어가는데
네가 보는 스크린은 이토록 비어 있는가.

들판에서 우리를 소등한다.
이제 바다가 드러날 것이다.

증거

내가 너의 커피를 훔쳤다
이 얼룩이 그 증거다

네가 소파에서
펜처럼 쓰러져 잠들었을 때
너의 꿈을 빼돌렸다
검은 잉크 번진
이 얼룩이 그 증거다

나는 너를 가로챘다
그러니까 네가 모르는 새에
네가 거울 보는 동안
뒷모습을 훔쳤다
길어진 내 그림자를 좀 봐라

그런데도 너는
오늘은 눈밭을 좀 걸어야겠다고
커다란 장화를 신고 왔다

걷는 동안

나는 네 발자국을 훔칠 것이다

다시 눈이 내리고
눈이 너를 조금씩 지우면
하얘진 네 머리카락 훔쳐서

나의 미래에 갖다 붙일 것이다
너를 넓게 간직하면
나의 지금이 늘어날 거다

더러워진 티셔츠 티셔츠
빨아대다가
얼어버린 손으로

뜨거운 커피
끓여놓고 앉아 있으면

너는 하얀 붕대처럼 돌아오겠지

나는 널 기다린 적 없을 거고

청킹맨션

너의 곁에서 옥상이다. 늘어나는 팔과 품, 발밑에 밤바다처럼 펼쳐지는 도시.

빛 안고 오세요. 발자국 두고 여기로.

검은 눈동자 미동한다. 어둠 속에서 어떤 시간 빛발친다.

시간이 깨뜨린 콘크리트 밟고 네 개의 발.

두 개의 머리 하늘 향하고. 얼굴과 밤하늘. 섞이고.

머리카락, 나의 기쁨 자라는 방향.

저 멀리 말라붙은 수영장, 도시 가운데 움푹 패어 있네.

그 속에 오리 한 마리.

수영장 조명이 비추는 깃. 타원형으로 뭉치는 빛.

우리도 헤엄치지 않고 서 있어.

옥상이 우리를 견디고 있어. 그리고

너의 눈동자 안에 오리 한 마리. 꺼지지 않는 오리 한 마리.

익사하지 않은 꿈*

잠을 뚫은 비가 꿈속에 쌓인다. 물은 누구의 테두리인가. 물 밖으로 나갈 수 없다. 물속에서 물은 표면을 상실한다. 파도를 상실하고 물결을 상실한다. 나는 피부를 상실하고 떨림을 상실한다. 아무것도 이룩하지 않는, 동시에 거두어지지 않는 물, 어둠처럼 사방에 그러나 빛이 들이쳐도 얇아지지 않는 물을 뭐라고 불러야 하나.

고민 끝에 물은 장소다. 잠긴 몸은 물을 왜곡하고. 닫힌 물이 몸을 굴절한다. 물은 가끔 물 밖으로 태어나려 한다. 사실 몸은 그러한 시도의 흔적이다. 나는 기억력이 나쁜 편이다. 기억 속에서 숱하게 밀려나고 밀어낸다. 기억은 물인가. 질문이나 기억이나 그런 것과는 무관하게 숨이 막힌다. 그러니까 물이 폐에 들어차고 있구나. 감은 눈이 물속으로 나의 머리를 밀어 넣고 있구나.

다시 이야기해보기로 한다. 2011년 여름 나는 친구들과 바다 여행을 갔다. 선크림을 바르고 파라솔을 빌리고 대천해수욕장에서 저물녘까지 수영을 했다. 나는 수영을 잘하지 못한다. 그러나 그날만큼은 수영의 어떤 흉내를 내보고 싶어서 조금 더 깊은 곳으로 들어갔던 것이다. 한 걸음을 내디뎠을 뿐인데 목 언저리 즈음 오던 바다가 순식간에 내 키를 넘어섰다. 멀리서 친구들의 웃음소리가 희미하게 들려왔다. 나는 스무 살인데. 그런 생각을 했다. 스무 살인데. 바다에 빠져 죽다니. 나는 스무 살인데.

쌓인 것은 비인가. 비는 언제까지 비인가. 비는 해수면에 닿는 순간 바다라 불린다. 비는 혼자일 때 빗방울이라 불리는 편이 낫다. 그러니까 꿈속에 비가 쌓인다는 표현은 틀렸다. 비는 차곡차곡해질 수 없다. 빗방울은 손등에 닿는 순간 무너져버린다.

물 밖으로 나갈 수 없다는 말은 꿈 밖으로 나갈 수 없다는 말과 동일한가. 십 년 전 대천해수욕장의 바닷물이 왜 어젯밤의 꿈속으로 흘러 들어오는가. 그런데 그 물은 해수욕장의 물이 아니었고 이국의 바닷물도 아니었고 물이라는 공간이었다는 것, 그곳의 온전함이 나를 가두고 나를 기르는 듯했다는 것, 물이라는 시간이기도 했다는 것, 통과하며 내가 어찌할 바 몰랐다는 것.

친구들의 웃음소리가 파동이듯이 기억이 파동이듯이 어깨동무를 하고 버스를 타고 해수욕장으로 향하던 우리가 파동이듯이 그해 여름의 유난스러웠던 더위가 한낮의 맨발들이 은빛 돗자리 위에 아무렇게나 내던져둔 배낭들이 파동이고 우리의 툭 튀어나온 뼈가 우리의 눈 맞춤이 모두 파동이듯이 그날의 노을이 노을빛 묻은 모래들이 다, 모두 다, 그래서 물속에서는 도저히 들리지가 않고 보이지가 않고 기억나지가 않는다는 것, 물이 파동을 삼켜버리는 바람에, 물속은 꿈속이 되어버린다는 것.

나는 기억력이 나쁜 편이다.

—키 큰 친구 한 명이 화들짝 놀라 나를 구해주었을 수도 있다. 멀리서 구급대원이 달려와 나를 건지고 심폐소생술을 해주었을 수도 있다. 아니면 밤이 되어서야 바다 한가운데에 시체로 둥둥 떠올랐을 수도 있다.

—서른 살인 나는 그때 죽은 내가 꾸는 꿈일 수도 있

다. 그렇다면 어젯밤의 꿈이 사실은 꿈이 아니고 물속이었던 그날로, 그날의 현실로 잠시 깨어난 것일 수도, 어쩌면 내가 잠겨가는 순간은 그곳에서 영원히 상영되고 있으리라는 것……

* Koldsleep의 공연 '이인환각연쇄고리'의 1차 연쇄고리 텍스트로 제작됨.

조용한 가게

우리는 어른이니까

도시에 사는 어른이니까

사람을 만나면 데려갈 만한, 괜찮은

너무 시끄럽지 않고 음식 맛이 좋고 무엇보다

여러 번 가봤기에 허둥대지 않을 수 있는

그런 가게들을 몇 개쯤 알고 있었다

그래서 나는 너를 데려갔고

다른 친구를 데려갔고

연인을, 연인이 될 뻔한 사람들을

동창들을

사랑하지만 사랑한다 말한 적 없는 사람들을

데려갔다

그곳에서 우리는 친구가 되거나

친구가 되지 않거나

그러거나 말거나 같은 음식을 나누어 먹으며

메뉴를 여러 개 시켜 각자의 접시에 덜어 먹으며

이건 맛이 좋다 내 취향은 좀더 이쪽이다

말하곤 했지

어느 날은 그곳의 창밖으로 눈이 내렸고

다 같이 가게 안쪽으로 뒤통수를 내보이며

올해의 첫눈일까 아닐까 고민하기도 했고

그러거나 말거나 이곳의 튀김은 언제나 맛이 좋고

튀김을 안 좋아하는 친구가 골라 먹을 다른 메뉴도 있었지

서로의 입안에서 바삭거리는 소리가

조금씩은 들릴 만큼 조용한 가게

내가 단골이 되고

네가 단골이 되고

어떤 날은 우연히 마주치기도 하고

각자의 일행을 서로에게 소개하기도 하고

튀김을 좋아하던 죽은 친구

기일에 포장해 가기도 하고

그 친구가 좋아했던 메뉴 세 개

그 친구의 가족들과 나누어 먹기도 하면서

겨울이 가고

봄이 가고

여름에는 잘 가지 않았다

가을

다시 겨울

사장님은 여전히 과묵하지만

가끔 우리에게 귤을 건네주시고

눈이 오고 종소리와 함께 문이 열리면

죽은 친구 너구나 싶어 돌아보지만

그곳엔 모르는 얼굴

자신의 친구 데려와

여기 텐동이 정말 맛있다 말하며 자리에 앉는다

우리는 웃으며 서로 마주 보며 다시

숟가락을 들고

창밖을 바라보며 음식을 던다

너 한 번

나 한 번

풀의 밀폐

연쇄되는 무덤이었다. 무덤으로부터 자라나는 풀이었다.

아치형 그림자 속이었다. 봄밤에 거듭되는 산책이었다.

서서히 청바지의 물이 빠지고 있었다.

어두워지는 하늘이었다. 종잡을 수 없이 꽃이었고 착색되는 길이었다.

파릇파릇한 질주였다. 달리고 달려서 되돌아온 곳이었다.

무덤을 이대로 두고, 가야 할 곳이 있단다.

검고 거대한 이불이 나를 덮었다.

나는 꿈속에 남겨졌다.

팔다리가 나 대신 무덤 주변을 뛰고 있었다

사랑을 위하여

사랑을 위하여 창문에 선을 긋는다. 가로로 길을 자르고 세로로 구름을 자르고 우리는 사랑을 위하여 점으로 진입한다. 사랑을 위하여 터널 속에 비가 내린다. 수만 개의 점들이 시간을 적신다. 사랑을 위하여 우리는 체온을 내리고 사랑을 위하여 몸 밖에서 잠들어본다. 터널 안으로 조금씩 밀려오는 풍경들. 이 어둠을 꿈속으로 몰아내려나 보다. 발자국이 떠오른다. 발자국이 허공에 잠긴다. 얼굴 위로 쏟아지는 점. 범람하는 면. 그런 것들이 번갈아 사랑을 위하는 동안 나는 아침을 참는다. 내게서 뻗어 나가려는 아침을 참아내고 벽돌을 품 안으로 밀어 넣는다. 품을 높게 쌓아 올린다. 내가 마련한 것들이 네 마음에 들지 모르겠다. 그러나 사랑을 위하여 분주하고 사랑을 위하여 흩어진다. 우리는 사랑을, 사랑의 편에서 하기 위하여 벽돌을 던진다. 점을 깨뜨리고 장마를 시작하자. 사랑을 위하여. 등이 깨지는 사랑을 위하여. 머리카락이 바닥을 향해 걷잡을 수 없이 자라나는 사랑을 위하여. 서서히 낙하하는 거대한 연을 위하여. 연을 덮고 잠든 땅의 꿈 밖으로 우리의 윤곽 우리의 커브 우리의 실핏줄 모두 검은 글자 되어 떠내려간다. 더 짙어진 터널 이대로 사랑을 위하고. 차창에 실려 가는 노란 조명 피딱지 같은 꽃들 그러나 멀리서 네가 달려온다. 이곳으로 살아난다. 벽을 향해 뻗어나가는 손가락. 사랑을 위하여 오늘, 오직 김서린 사랑을 위하여.

2부

R을 제외한 해변의 전체

구름이 자신의 꿈을 길게 풀어둔 해변에서, 약간의 바닷물이 담긴 콜라병이 굴러다니는 풍경 속에서, R은 장편소설을 한 편 써야겠다고 마음먹었고, 그러므로 구름이 R에게 그 일을 시킨 것이나 다름없었다. R에게는 구름에게 없는 손발이 있었고, 콜라병 속 바닷물처럼 약간의 말들이 R의 내부에서 출렁일 때가 있었고, 그것은 R이 정체 모를 파도에 떠밀려 이곳에 이르는 동안 그에게 남은 유일한 흔적이기도 했다.

해변은 온갖 종류의 지상이었다. 이 정도의 넓이는 현재라는 시공간의 운신의 폭과도 유관하여 과거와 미래를 얼마간 이곳으로 끌어올 수 있었고, 그러므로 R은 앉은 자리에서 보이는 해변의 왼편을 과거로, 오른편을 미래로 설정하였다. 소설은 해변의 왼편부터 오른편까지를 세세히 묘사하는 방식이 될지도 모르겠다,고 R은 생각했다. R은 왼손과 오른손을 내려다보았다. R은 자신이 선형성을 좋아한다는 사실이 조금 부끄러웠다. 하지만 선형성이 없었다면 어떻게 이렇게 해변의 바위에 앉아 한가롭게 소설이나 써야겠다는 생각을 할 수 있었겠는가,라고 R은 다시 한번 생각했다.

R에게는 많은 것이 아름다움이었다. 이러한 해변이 구름의 펼쳐진 꿈이기 때문이기도 했지만, 곰곰이 생각해 보면 하늘을 뒤덮은 저 부드러운 구름들이 해변의 꿈이기도 했다. R은 구름이 꾸는 꿈의 표현 방식이었다. R은 자신이 방식이라는 사실이 마음에 들었다. 그 사실이 R에게 자유를 주었다. 해변에 온종일 내리는 눈과, 사랑에 빠진 연인들과, 희미하게 드러나는 수평선이 그와 동족이기에 R은 흡족했다. R은 해변의 모든 것과 자신을 가리켜 '우리'라고 불렀다.

우리 안에서 따뜻한 해풍이 콜라병을 굴리고 있다. 우리 안에서 약간의 바닷물이 쏟아진다. 우리 안에서 모래가 길게 젖어간다. 우리가 구름의 꿈이구나. 구름이 우리의 꿈이구나. 소금 향이 나는 낡은 간판들, 산책과 굴뚝, 눈물과 안개, R의 기쁨과 절망과 그리움이 모두 하나였다.

R은 공책을 꺼냈다. R을 제외한 해변의 전체가 R을 지켜보고 있었다. R이 해변을 바라볼 때와 같은 방식이었다. R은 이러한 관측이 아름답다고 생각했다. 바람이 페이지

를 뒤적였다. R에게 소설이란 소설의 방식을 뜻했다. R은 기억을 뒤져보기 위해 왼쪽 해변을 바라보았다. 그러자 왼쪽 해변은 순식간에 오른쪽 해변으로 스며들었다.

기억이 아니라면, 소설에는 무엇이 있어야 하나. R은 고민을 시작했다. 소설에는 우선 시간이 있어야 한다. 그러나 소설이라 칭하는 순간 소설의 시간은 이미 발생했다고 보아도 좋았다. R은 가슴이 조금 두근거렸다. 시간이 있으면? 공간이 있어야 한다. 그러나 시간과 공간은 하나인 것 같았다. 과거가 해변의 왼쪽이고, 미래가 해변의 오른쪽인 것처럼. 그리고 소설에는 우리가 있어야 한다. 그러나 우리는 천천히 드러나도 좋았다. 또…… 무엇보다 빛이 있어야 한다. 빛이라는 표현이 필요하다. 해변에 내리쬐는 빛이 R의 윤곽을 밝히는 바람에, R을 R로 제한한 덕분에 이렇게 소설도 쓸 수 있는 거니까. 그래서 R은 첫 문장을 이렇게 시작했다. "태초에 빛이 있었다……"

어디서 많이 들어본 도입부 같다,고 R은 생각했다.

루시드 서머

벽돌은 나의 비였다.
장미, 장미
수없이 내리꽂히는 해변이었다.
부순다. 벽돌이 모래를.
해변이 찢어지려 한다. 그러나

폭풍 속에서 깨어났을 때
여전한 아픔이 있었다.
해변에 지어진 집이 있었다.

다시 한번 깨어났을 때
집 안에 구름이 있었다.

아픈 구름이 있었다.
아픈 벽돌이 있었다.
아픈 벽돌이 집처럼.
아픈 구름이 물처럼 있었다.

벽돌에는 구멍이 두 개

구멍마다 장미 한 송이
열 송이
그러나 가끔
벽돌은 장미의 가시였다.
수평으로 떨고 있었다.

이 모든 것은
벽돌과 내가 수줍게
함께 꾸었던 꿈의 줄거리다.
(그리 길지 않다)

벽돌의 꿈과 나의 꿈이
해변에서 한데 엉킨 날의 이야기.

파도에 실려 오던
호랑이 한 마리
백사장에 엎드려 잠들고

붉은 털에 묻은

모래알 수백 개

벽돌과 내가 함께 잠든 호랑이 발에서
숨은 발톱을 꺼내어보았던 이야기.

빼곡한 털
속에서 불쑥 모습을 드러낸
기다란 발톱 끝에
나의 손등을 갖다 댄다.

꿈에서 깨어나는 방법이다.

커브를 돌면
얼굴들과 부딪친다.
숱하게 부딪치고 나서
술집에 간다.

멍이 들었네요.
멍이 당신을 닮았네요.

사람들이 말을 건다.

그러면 나는

거짓말을 시작하는 것이다.

며칠 전에 어떤 사람이 던진 벽돌에 제가 맞았는데요,

커브를 돌면

벽돌

벽돌

지금 쏟아지는 비 있죠.

쟤네가 다…… 그런 거예요.

위스키 마시던 얼굴들

쏟아질 듯 웃고

벽에 걸린

붕대 감은 호랑이 그림

나를 가리킨다.

자네, 허튼소리 마라.

그러면 나는 나의 두 손을
등 뒤로 감춘다.

손바닥을 위로 보이게
둔다.

농담과 명령

장밋빛 유령들입니다.

불투명하게 아물어갑니다.

유령의 일원으로서, 언제부터 이러한 장밋빛이 나의 피부를 감싸고 있던 것인지, 심장 쪽에 붉은색 등이 켜진 것처럼(우리에게 심장이 있다는 가정하에) 어째서 이 빛이 내부로부터 표면까지 침투하는 것인지 알 수 없었고, 장밋빛의 농도는 시간이 지남에 따라 미세하게 짙어졌기에, 우리끼리는 그때그때 나이를 가늠하기 어렵지 않았지만, 수줍으면 피가 몰리듯 얼굴에 장밋빛이 몰리기도 하였으므로, 가끔은 너무 인간적이라고 놀림을 받았습니다.

같은 살 위의 다른 상처들처럼
다른 속도로 아물어갑니다.
다른 속도로 배 속의 풍경을 지웁니다.

불타는 거랑 녹스는 건 사실 같은 화학반응이야.
속도의 차이가 있을 뿐이야.

인간이 그렇게 말하자

어떤 유령은 불타는 숲의 입구에 서 있고, 어떤 유령은 녹슨 자전거를 타고 어두운 해안 도로를 달리고 있습니다.

해 질 녘 우리가 무리 지어 떠다닐 때, 그 모습은 상당한 장관이겠지요.

좋아하는 미술관이 있습니다. 르아브르 해안에 위치한 생말로 미술관입니다. 한쪽 면이 유리로 되어 있어 창밖으로 넘실대는 파도가 보입니다.

우리의 모든 면은 유리로 되어 있어 우리 밖으로 넘실대는 세상이 보입니다.

농담입니다. 우리는 깨지지 않습니다.

상처가 내장을 드러내면서도 깨지지 않는 방식과 같습니다.

저는 제 말의 청자를 인간으로 삼아야 할지 유령으로

삼아야 할지 조금 헷갈리지만, 오늘은 그냥 당신으로 삼고 싶은 기분입니다. 그러니까 인간인지 유령인지 아직 정해지지 않은 쪽으로요.

기억력이 나쁜 유령에게 기분이란 정말 중요한 것입니다.

생말로 미술관에는 인상주의 그림들이 전시되어 있습니다.

열은 유령 하나가 어느 날 하얀 노을 그림을 보았다고 말했습니다. 어찌나 놀랐던지 우리는 하마터면 인간이 될 뻔했습니다. 불투명한 두 발이 생겨나 뺨으로 바람을 느끼며 달릴 뻔했어요. 모두 조금씩 더 짙은 장밋빛이 되었습니다.

하얀 노을이란 무엇일까요.

어떤 유령들은 울기도 합니다. 투명한 뺨 위를 흐르는 투명한 물, 투명한 맛, 투명한 빛. 그런데 하얀 노을이란 무엇일까요.

열은 유령은 점점 더 열어지더니 한 송이 장미가 되었습니다.

남은 유령들은 장미를 둘러싸고 하얀 노을 그림의 그림자라거나 물화된 상상이라거나 어떤 형식의 책이라고 논쟁하기도 했습니다. 그런데, 하얀 노을 그림을 본 유령이 왜 저렇게까지 불투명하게 아물어버린 것인지요?

유령의 투명한 망막에 무엇이 맺힐 수 있을까요?
투명한 유령이 어떻게 망막에 맺힐 수 있을까요?

인간에게는 투명함에 관한 단어가 많지 않겠지만, 투명함에 속해 있는 우리 유령들에게는 투명함을 지칭하는 수백 개의 단어가 있습니다. 여러 개의 단어로 눈을 분류하는 설국의 주민들처럼요.

인간은 그 단어들을 이해할 수 없을 겁니다. 돌고래에게 초음파로 추상명사를 가르치는 일 같은 어려움이 따릅니다.

함께 찾아야 해.
보아야 해. 하얀 노을 그림을.
늙은 유령들은 말했습니다.

자기들도 본 적 없으면서.
몇몇 유령은 투덜거리기도 했지요.

해 질 녘 우리는 함께 미술관에 입장했습니다. 3층짜리 건물을 떠다니며 관람했습니다. 그러나 하얀 노을 그림은 없었습니다. 유리로 이루어진 건물의 한쪽 면만이, 파도에 실려 오다 해변에 이르러 부서지는 장밋빛 노을의 파편들을 상영하고 있을 뿐이었습니다.

하양: 모든 빛을 반사하며, 아무런 색도 없는 무채색 (색채용어사전)
노을: 해가 뜨거나 질 무렵에, 하늘이 햇빛에 물들어 벌겋게 보이는 현상 (표준국어대사전)

그림: 선이나 색채를 써서 사물의 형상이나 이미지를 평면 위에 나타낸 것 (표준국어대사전)

하얀 노을 그림은 어쩌면 말로만 존재하는 편이 더 그럴듯할 것 같습니다.

우리는 투명한 발을 주춤거렸습니다. 벽에 걸린 풍경화들이 우리를 바라보며 웃었습니다.

그냥 너희가 그리면 되잖아.

그림들이 몸을 반짝이며 말했습니다. 그림을 그리라고 명령하는 그림들이라니, 하지만 맞는 말이었어요. 유령 하나가 그리기에 성공한다면, 나머지 유령들도 하얀 노을 그림을 공유할 수 있을 테니까요.

우리는 설명에 근거하여 하얀 노을 그림을 그리기 시작했습니다.

그림을 상상하기 시작했다는 말입니다.

유령의 생각은 유령의 머리 부분에 뿌연 형상으로 나타납니다.

이마가 다들 짙어지는 걸 보니, 모두 하얀 노을 그림을 그리려 애를 쓰고 있군요.

흰 태양에서 흰빛이 뿜어져 나와 검푸른 바다를 희게 적시면, 그건 하얀 노을인가?

붉은 태양에서 흰빛이 뿜어져 나와 검푸른 바다를 희게 적시면, 그건 하얀 노을이 아닌가?

붉은 태양에서 붉은빛이 뿜어져 나오는데, 검푸른 파도가 희게 젖으면 그건?

만약 해가 졌는데 온 세상이 백지가 되어버린다면?

그런데 붉다는 건 뭐지?

희다는 건 뭐지?

우리는 뭐지?

장밋빛 유령들이 갸웃거립니다.

아무래도 실물을 봐야겠어.
실물 없이는 상상할 수 없겠어.
그릴 수도 없겠어.

백사장에 유령들이 늘어섭니다.
기대감으로 조금씩 부풀어 있습니다.
다 그리면 생말로 미술관에 몰래 걸어두기로 합니다.

그러나 붉은 태양에서 붉은빛이 뿜어져 나와 검푸른 파도를 붉게 적시고 있었습니다.
유령의 몸을 통과한 빛이 모래 위에 옅은 그림자를 만들어내고 있었습니다.

한참을 그랬습니다.

풀 죽은 유령들이군요.
아무것도 머릿속에 옮겨 담지 못했습니다.

모닥불 주변에 둘러앉습니다.
누군가 변명을 시작합니다.

“어쨌거나 유령은 지구 단위의 환상입니다. 목성이나 토성에 유령이 있다는 말은 들어보지 못했습니다.”
“하얀 노을 그림도 마찬가지입니다.”
“불투명해지기 전에 그리기나 하세요.”

한 유령이 일갈하자, 말하던 유령이 조금 짙어졌습니다.

하얀 노을 그림을 볼 수 있다면 우리는 잘 아문 상처가 될 거라는 걸, 세계의 볼품없는 흉터가 되지는 않을 거라는 걸 누가 말해주지 않아도 모두 알고 있었습니다.

해변에 장미 한 송이가 죽은 듯이 놓여 있습니다.

어떤 빛은 유령의 몸을 건너다닙니다.
어떤 빛은 유령입니다.
어떤 빛은 유령을 통과한 세계입니다.

모래 속에 파묻힌 유령을 본 적 있나요?

모래시계처럼 유령의 몸속에서 조금씩 흘러내리는 모래알들을 본 적 있나요?

하얀 노을은 유령의 시간이 유령의 몸속에 쌓이는 동안 지구 다른 곳에서 환하게 펼쳐지고 있을지도 모릅니다. 그 모습을 상상하면 유령들은 조금 아팠어요.

만약 육체가 유령의 환상이라면, 그러니까 육체의 환상인 하얀 노을 그림이 유령에게는 두 겹의 환상이라면……

가엾은 엳은 유령은 감히 그것을 몸소 경험하였기에 장미가 되었던 것일까요?

지구가 태양의 주위를 돈다는 사실은 가끔 우리에게 상처가 되었습니다.

우리는 무리 지어 떠다닙니다.

누군가는 우리를 안개라고 부릅니다.

하얀 노을 그림을 그릴 수 있다면, 안개 밖으로 튀어나오는 몸이 될 수 있다면요?

하얀 노을은 어쩌면 잠깐씩만 모습을 드러내는지도,
노을이 지닌 수만 개의 겹 중 하나를 부르는 말인지도 모르겠습니다.
그렇다면 우리는 기쁠 거예요.

인간은 장미 정원과 노을을 어떻게 구분하나요.
녹슨 자전거와 잿더미는요.
하얀 노을은 누구의 입장이 불탄 자리*인가요.

어디선가 붓 소리가 들립니다. 바람 소리의 메아리 같은.

놀라운 일이었습니다.

* 김구용, 「불협화음의 꽃 II」, 『시時』(김구용 문학전집 1), 솔출판사, 2000.

부드러운 반복

내 이름을 적기 위해 한 획을 그었다. 더는 글자를 쓰지 않고 손을 멈추었다. 종이를 서랍 속에 넣어두었다.

어느 날 서랍을 열자 선은 녹슬어 있었다. 선에게는 시간이 존재하지 않을 텐데. 왜 이토록 많은 세월을 지나온 것처럼 보이는 거지.

몇 개의 선을 더 그어보았다. 어린 선들이 생겨났다. 반짝반짝 빛나는 직선들이 조금 무서웠다. 만지면 손끝에 핏방울이 맺혔다.

선 위로 수없이 많은 선을 긋고 났을 때 종이 위에 학교가 지어져 있었다. 선들이 학교를 이루고 있었다. 얼떨결에 나는 그곳의 선생이 되었다. 선으로 된 학생들이 나를 찾아왔다.

밤이 되면 학생들은 하나씩 지워졌다. 숱한 밤이 지나고 마지막으로 남은 한 명은 내가 처음 그은 선으로 만들어진, 녹슬고 오래된 학생이었다.

우리는 함께 수업을 했다. 나는 그에게 삼차원을 가르쳤다. 공이나 나무, 심장처럼 부피가 있는 것들, 그 속에 담기는 사랑이나 감기, 졸음 같은 것들도 가르쳤다. 선으로 된 학생은 몸의 이곳저곳이 끊어질 듯했지만 언제나 열심이었다. 총명한 선이었다.

그는 종이 밖으로 나가는 방법을 연구하고 싶어 했다. 그러나 아무리 노력해도 방법은 없었다. 나는 몹시 안타까웠다. 선을 데리고 종이 밖으로 나갈 수는 없을까.

어느 날 선으로 된 학생이 쓰러졌다. 그는 숱한 점으로 찢어지고 있었다. 나는 점을 주워 담으며 울었다. 학교가 새하얗게 불타고 있었다.

주먹 속에 들어찬 점들을 어떻게 해야 하는지 알 수 없었다. 불길 속으로 빨려 들어가지 않도록 꽉 움켜쥐고 있을 뿐이었다.

울다 보니 나는 노인이 되어 있었다. 흩날리는 지우개 가루 속을 걷고 있었다. 눈보라 밖에서 거대한 지우개의 형상이 나를 가르쳤다. 주먹 속을 보라고. 그러면 그곳에서 나올 수 있다고.

그러나 나의 주먹은 종이 밖에서 무언가 쉴 새 없이 적어대고 있었다.

팔 끝이 텅 빈 채로 나는 계속해서 걸어갔다.

시퀀스

[A, 텅스텐으로 만든 뼈 구조물

B, 느리게 걷는 우리]

대낮, 미래의 광장. 거대한 A 겹겹이 전시되어, 빛을 머금는 동시에 반사하는. A 사이사이 미래의 관람, 미래의 함성.

같은 공간에 과거형 B

[“]

A 놓여 있는 해변, 해변 놓여 있는 스크린, 스크린이 뿜어내는 빛 맞으며 영화관 복도의 B

A의 윤곽에 흐르는, 둥글고 매끈한 반영들. 바다 클로즈업. B 멈추고 각자 자리에 앉는 모습.

엔딩 크레디트 이후 다시. 실외로 옮겨지는 B. 거리에서 A 가정법으로

어떨까 A 만져볼 수 있을까 아름다울까

계속되는 B, 타진되는 A

[A 설치 후 B 하면서]

행인들이 구조물을 좋아할까요?

“이런 거 이제 재미없어요”
“다 했던 거잖아요”

그러나 텅스텐 표면에 비친 풍경들 매일 바뀌잖아요. 작은 사고에도 부러지는 갈비뼈들 배 속에 다 있잖아요. 가죽 벗겨진 축구공 매번 다른 광장에서 굴러다녔고

도시와 바다를 오가며 계속되는 것들이 있었지만, 그것을 무엇이라 불러야 할지 모르는 우리도 있었습니다.

멀리서 불어오는 바람이 모래 옮기고, 모래 쌓여서 방파제의 정사면체 되고요.
정사면체 맞물리며 해변을 구축합니다.

콘크리트로 만든 거대한 정사면체. 테트라포드라고 불립니다. 거기엔 아무것도 비치지 않지만

부딪치고
파도 소멸하고
그것을 한참 동안 바라보는 우리 있었다.

B 하면서 A 떠올리며 그랬다.

광장에서 만납시다.
도래합시다.

텅스텐 표면에 피부 반사되겠지만
뼈는 우리 몸속에 있을 겁니다.

앞으로도 그럴 거예요.

여름의 새

1

새는 너의 얼굴을 가린다.

여름의 새는 겨울 새장으로 날아가고, 너의 얼굴에 새 모양 멍이 든다. 멍의 부리 속으로 호두 한 알 떨어진다. 너는 미간을 찌푸려 껍질을 부순다.

다른 새들이 너를 피한다. 새 모양 멍을 보았기 때문에. 여름의 새는 맹금류였나 보다. 나무마다 작은 새들의 비명 난무한다.

거대한 호두 한 알처럼 너는 혼자다. 그러나 낙엽은 발밑에 단단하게 쌓인다.

2

눈은 허공의 먹이였나 보다. 횃대 위에 쌓인 눈이 금세 먹어치워지는 방식이 너의 마음에 든다. 겨울 햇빛이 새장을 흔든다.

미간을 찌푸리지만 호두는 이제 없다. 여름의 새도 없다. 거대한 홀로를 누가 먹어치웠나. 너는 겨울 숲을 뒤진다.

미친 듯이 날아오르는 새들 사이를 뛴다.

3

너는 속력을 높인다. 여름으로 돌아가자. 새의 몫으로 얼굴을 두고 오자.

빛이 뒤처지면 이는 바람에 멍은 날아가버리고, 반가운 새 한 마리 나타날 것이다.

깨끗한 너의 얼굴에 머리를 비빌 것이다.

무한 구역

통로가 둘이었다. 셋이고 넷이었다. 동공은 어둠 속에서 짝수로 늘어갔다.

악당의 뼈를 내놓으라. 목소리가 하나였다. 열이고 백이었다.

열린 목구멍들이 통로의 어둠을 끝없이 깊어지게 하고 있었다.

뭐야, 지루해.

비행기 의자 뒤통수에 설치된, 손바닥만 한 화면이 어두워져봤자

심연처럼 깊어져봤자 앞 사람 정수리에도 닿지 못할 텐데.

그러나 영화는 암흑 속에서 빛나는 악당의 뼈를 끝끝내 보여주겠다는 듯

새카맣게 새카맣게 되고 있었다.

손에 들린 여권이 하나였다. 손가락 열 개였다. 의자가 백 하고도 서른여덟이었다.

앉아 있는 승객들 사이로 걷는 사람이 열. 열둘. 열넷.

어두운 좌석마다 검은 눈동자 촘촘히 박혀 있었다.

수십 개의 국경을 건너는 동안 끝없이 깊어지는 화면을 보고 있었다.

섬 짓기

컴퓨터실에서 우리는 우리의 섬을 업데이트했다. 새로운 나무를 심자. 새로운 낮을 걷자. 새로운 풍경을 새로운…… 섬에는 편의점이 없니? 일상적으로 물이 부족했다. 복도가 출렁였다. 너는 바깥을 안다고 했다. 바깥을 가져본 적 있다고 했다. 나는 복도를 나서며 빛줄기에 걸려 넘어졌다.

너는 다친 손으로 나를 일으켜 세웠다. 너는 선량함이 방해가 된다고 했다. 섬에 자꾸 에러가 난다고. 이 게임은 때려치우라고. 그래서 나는 섬을 관두기로 했다. 섬 밖은 허공이었다. 야자나무 떠 있는 허공이었다. 내 눈 속에 여러 그루 흔들거렸다. 그 눈동자도 에러다. 네가 말했고.

너의 손은 작다. 픽셀만큼 작다. 여름이 거리에서 분해되었다. 너는 손으로 여름을 다시 지으려고 했다. 흙터로 허공을 휘젓고 있었다. 이런 하늘은 좀 작위적이지 않니? 석양이 발밑에서 갈라졌다. 신발 끈이 자꾸 끊어졌다. 비가 내리면 갈증이 그쳤다.

비

권총을 쥐고 산을 오른다고
우리가 절벽의 적이 되지는 않지요

두개골에 대고 쏘아버린다면 우리는 일시적으로 우리의 적이 될 뿐 절벽은 우리 자신과 적을 동시에

아래로
지상으로

부드럽게 굴려줄 뿐입니다

다시

권총을 쥐고 산을 오르다 발을 헛디뎌
우리가 절벽을 구른다면
구르며 실수로 절벽을 쏘고
하늘을 쏘고 섬광을 쏘고 구름을 쏘고
국경을 말벌을 미생물을 중력장을
난사하여 총구에 뜨거운 연기가 솟고
연기의 흩어짐보다 빠르게 우리가

절벽의 아래로
굴러떨어진다면

그럼에도

우리는 절벽의 적이 되지 않고
다만 발견되지 않음으로써
절벽이 되거나
발견됨으로써
도시로 돌아가
도시의 방식으로
불의 윤곽 속에서
먼지가 되거나
먼지가 될 뻔했던 연기가 되거나

사랑하던
그 사람 손에 들린 근사한
나무 상자 안에
실려 절벽으로

돌아와

다시 절벽 아래로
계곡으로
수평선으로
국경으로 섬광으로 수증기로
굉음으로

하얗게

흩어져

다만 누구의 적도 아닌 채로 영원히
내리는 비

비

커피나 마실까

오래전 나의 떡볶이코트 단추 잠가주던, 빨갛게 언 손 두 개 오늘 명동 거리 위에 떠 있었다. 쳐들어진 채로 이동하고 있었다. 그러나 단추 다 잠근 뒤 나를 안아주던 두 팔 어느 간판을 뒤져보아도 없다. 없다. 팔을 가진 사람들 거리에 한가득 나를 스쳐 가지만 내 눈 속에는 두 개의 태양 같은 두 개의 빨간 손만 떠 있어 나의 내장 곳곳을 비춘다. 고작 내장 몇 개 품고 인파 속으로 걸어 들어간다. 나 오늘 커피나 마실까. 내장들 뒤척이며 잠에서 깨어나지만 두리번거려도 손 모양 태양 두 개를 빼면 온통 캄캄한 어둠 속이라 한다.

십진법

노인은 기도하고, 강아지 가방에 들어가시고, 40퍼센트 정도의 우리는 공원을 걷고

하늘에 헬리콥터 일곱 대 날아다닌다

나뭇가지가 동시에 부러지고, 우리는 어째서 저 새들이 쉴 새 없이 나무에서 바닥으로 뛰어내리는지, 이 시의 다음 연으로 새들이 착지하는 것이 가능할지 잠시 이야기를 나눈 뒤

봉쇄된 도시에 대해 각자 생각하는 시간을 갖기로 했다

나는 녹슨 자전거가 병원 벽을 들이받는 순간
너는 카메라 백 개가 동시에 고장 나는 순간
우리 중 나머지는 잠들었다

나무 아래 물 위를 걷는 새들

물은 다음 연으로 흐르지 않는다

나무 그림자가 그곳에 드리운다

너와 나는 우리 중 나머지의 잠든 얼굴을 흉내 내다가

공원 직사광선이 만드는 그림자의 개수를 세는 방법에 대해 창의적인 신입 사원처럼 고민하다가

우리의 불타버린 회의, 사무적인 눈물, 퇴근길에 들고 가는 기계식 키보드를 묘사하다가

밤은 이 시의 배경이 되지 못할 것 같다
내가 직사광선에 대해 말해버렸기 때문에

갑자기 밤이 된다면 새들도 우리도 갈 곳을 잃을 것이기 때문에

노인은 절벽 옆에서 손을 모은다

가방 속의 강아지는 시의 마지막쯤 등장해 풀밭을 뛰

어다닐 것이다

그 강아지는 열네 마리로 번식도 하고

너와 나는 갑자기 씨름을 시작한다
낮의 공원에서 몸을 쓰지 않는 것은 이상하기 때문에

우리가 오늘 건강하기 때문에

이참에 힘을 겨루어보자는 것이다

나는 운동을 오래 했다
너도 운동을 오래 했다

나의 운동과 너의 운동이 걸려 넘어지는 순간

60퍼센트 정도의 우리가 동시에 깨어난다
눈을 비비며 묻는다 너희 지금 뭐 하냐고

너의 나라에서

너는 달린다. 너의 배경을 무너뜨린다. 그곳에 도서관이 생긴다. 너의 운동화 밑창에서 떨어져 나온 먼지 한 톨 허공을 떠다니다 안착한 어느 책의 모서리, 빛 잘 드는 도서관 모든 책의 표지가 하얗게 바래 있다. 사라진 글자들 지금쯤 어느 나라의 대기를 떠다니는가. 네가 달려서 국경이 사라진다. 모서리 닳아 없어진 책 속에 정육면체의 아름다움이 적혀 있다. 그러나 너는 이차원에 사는 작은 삼각형을 좋아한다. 정지된 달리기처럼. 두 발과 하나의 머리를 이은 평면이 제작된다. 그곳에 먼지를 심는다.

그러니까 너는 역사 속을 달린다. 너의 성城을 향해 달린다. 포박된 채 달린다. 밤을 보류하고 간다. 아침마다 너를 묶은 밧줄 표면에 스미는 햇빛들—기록된다. 밧줄은 색이 조금 바래도 괜찮을 거야. 밤새 묶여 있던 팔에 생긴 길고 빨간 자국들 다시 하얘지는 동안 너는 달리고 또 달린다. 길이 하얘진다. 기록된다. 팔을 던지고 달린다. 기록된다. 여기가 바닥이야. 저기는 하늘이야. 두 눈에게 말을 해준다. 나는 네 모든 현기증의 기원이야. 눈이 답한다. 답하는 눈과 함께 간다. 아무래도 안 되겠다. 눈이 너무 무겁다. 눈을 버리고 가고 싶다. 그러나 눈은 네게 묶여 있다. 성이 하얘진다.

나무는 나무 안에서 달린다. 새는 새의 안에서 날고 있다. 달리려면 달리기로 가득한 공간을 계속 찢어야 한다, 빈 곳은 없다. 너는 모든 달리기를 가로지르며 달린다. 너의 성을 품고 달린다. 간혹 잠들기도 하면서.

성은 달리기의 출발지이자 종착지이다. 아마도 착각이다. 착각이 너를 계속 뛰게 하면 착각이 아니게 될 수도 있다. 그런 식으로 나무를 뛰게 한다. 새를 날게 하고 거품이 일게 한다. 성은 너의 근육을 형성한다. 성은 너에게 운동화를 준다. 설계도의 원안을 찾을 수 있을까 도서관을 떠올리지만 수억 개의 하얀 책 표지들이 즐비한 서가 사이를 뛰어다니고 싶지는 않다,고 생각한다.

달리는 동안 바흐 칸타타 재생한다. 어떤 방식의 착각이다. 신중현 커피 한 잔 재생한다. 어떤 방식의 호흡이다. 말러 심포니 멈춘다. 벨벳 언더그라운드 멈춘다. 속도를 조절하는 방법이다. 발자국이 리듬을 기록한다. 모든 바닥은 도서관이다.

사랑하는 너의 나라. 그곳의 노래, 국기와 국가, 전통 가옥과 산의 능선 생각하지 않으면서 달린다. 운동화 뒤축이 닳아 없어지고 너의 발목이 닳아 없어지고 하나의 구球가 되어 도착하는 성은 추울까, 더울까. 성에 부는 바람을 상상하면 몸이 깎이는 것 같다. 달리다 출발지를 잊어도 괜찮겠지 그곳은 도착지와 같을 따름이다. 도착지에 묶여 있을 따름이다. 그곳에서 알게 되겠지

봄이다.
나는 여기 남은 너의 발자국 위를 걷는다.

한 글자 동물

이 책에는 아주 많은
개와 새와 쥐가 나온다

개는 희거나 검다
새는 찰나적으로 존재하거나
금세 슬퍼진다
쥐는 물론 죽어 있다

오는 이들을
사랑하거나 사랑하지 않으면서

걸어간다

등 뒤에서
개와 새와 쥐는
완벽했다

오를 응시하며
사랑한다고 생각하거나……

그러지 않았다

개가 오를 뭐라고 부르는지
새가 맨홀과 정수리를 구별하는지
쥐가 발목 위를 본 적 있는지

그런 거 말고

흰 개는 기쁨
갇힌 새 슬픔
죽은 쥐

오?
개와 새와 쥐의 꿈속에
잠시 등장하지만

간밤의 꿈을 글로 쓰는
개, 새, 쥐
없으니까

누구의 꿈에도 빼앗기지 않은 오의
견고한 몸
닮지 않은 그림자

개와 새와 쥐
덮어버린다

사람 모양의 어둠 속
어리둥절한 얼굴들

이것이 바로 아름다움인가요?

오가 개와 살고
새를 예뻐하는
쥐라면요?

누군가 나의 어깨에 손을 얹는다
기도를 마무리하세요

천천히 고개를 들면

창밖은 하늘
사랑은 생각

그림자 속에서
신도 가끔은 어리둥절하기를 바랐다

3부

침묵의 푸가

젖은 붓을 창가로 옮겼다. 바람이 붓을 말리면 빗물이 들이쳐 붓을 헹궜다.

장마가 끝나고. 깨끗한 하늘 헤치며 긴 붓 들어 올리는 손. 물감에 붓의 머리 처박았다.

팔레트 빈 곳으로 몇 개의 푸른 점들 처박혔다.

한 개의 푸른 선이 이어졌다. 선은 왼쪽에서 오른쪽으로, 진했다가 흐려지다가 서서히 사라졌다.

색이 묻어나지 않는 붓의 머리 쥐고 손은 백지를 긋고 있었다.

세트장

쌓여 있는 책들 주변을 어슬렁거리는 빛. 빛의 내부를 어슬렁거리는 벌레. 이마 위로 걸어 들어오는 글자들—그 안에서의 포옹.

거꾸로 매달린 전투기.* 적막을 끌어당기는 전투기. 눈동자 비행기 모양으로 흩어지는 관객들. 서서히 물에 잠기는 전시장. 거대한 늙은 손이 건져 올리는 실, 윤곽들. 전투기 날개 위로 기어가는 달팽이, 껍질 벗고 껍질 안으로 쉬러 가는—그 안에서의 파열.

도색하는 밤. 연쇄되는 벽. 빠진 벽돌 빈틈으로 질주하는 시선. 시선의 뒤에서 칠해지는, 빠르게 줄어드는 파란 페인트. 페인트 속 폭우. 폭우의 미래, 바다. 그리하여 칠하는 동작은 헤엄 연습하는 모양으로—그 안에서의 질주.

돌이 되어가는 구겨진 팸플릿. 느리게 굳어가는 사진과 설명—그 안에서의 응시.

절, 방석 위에 쌓여 있는 사람들. 바닥에 떨어지는 청동 풍경. 깜짝 놀라 날아오른 새들이 빨려 들어가는 터널.

어둠 속에 불상이, 지나가는 차들 내려다보며 빛나는—
그 안에서의 공회전.

뼛속의 이끼. 새하얀 회전 교차로 위의 선명한 바큇자
국. 아마도, 사고가 날 것 같죠. 내레이션 소거되고, 소거
되고, 충돌음 소거되고, 곧장 폐차장—그 안에서의 주춤
거림.

파란색 페인트 불상에 쏟아버리기. 그러나 불상의 눈
동자 여전히 벽 너머를 향하는. 금빛을 가두고도 여전히
페인트인 페인트. 페인트는 페인트. 불상의 뒤통수로 날
아오는 벽돌—그 안에서의 잠.

박제된 숨 전시 중인 곳. 무엇의 박제일까 더듬거리며
숨 쉬는 관객들 여전히 눈동자 비행기 모양으로 희어진
채. 한겨울의 무궁무진한 입장—그 안에서의 반복.

* 피오나 배너, 「Harrier」(해리어 전투기에 도색, 2010).

복원

창은 사각이다
창은 모서리가 있다
창은 혼자서 깨지지 않는다

빛은 거실을 지나 복도를 건너
부엌 깊숙한 곳에 놓인 돌의 표면을 비춘다

돌은 그곳에 오랫동안 있다
돌의 배 속에 음식 냄새가 밴다
가족들이 팔과 다리를 움직여 요리하는 모습이 밴다

가족이 사라진다
가구가 사라진다
창밖의 이삿짐 트럭이 멀어진다

장면은 사각이다
장면은 모서리가 있다
장면은 혼자서 깨지지 않는다

벽은 장면을 둘러싼다
거실은 장면 너머에 있다
거실이 비어 있다

겨울에는 유리가 언다
겨울에는 음식이 오래간다
겨울에는 새 가족이 이사를 온다

누가 돌을 여기에 놨지
돌에 김이 서린다

어느 날 창문이 날아와 돌을 깨뜨렸다

미동

너를 재우고 멀어진다. 등과 바닥 사이 어둠이 줄어든다. 그만큼의 어둠이 잠 속에서 밤의 역할을 맡는다.

색들은 고요히 유리창에 참여하고. 유리창은 너의 꿈에, 꿈을 보는 너의 각막에 참여한다. 젖혀진 손목이 어른거린다.

아니야. 너를 재운 손이 아니야. 깨어나는 역할을 거절한다. 너는 잠 속에서 달리고 있을 것이므로.

불빛이 창을 반으로 갈라놓는다. 달리는 차가 잠 속으로 들어가 사고를 낼 거야. 너의 이마가 드러난다.

뒤척임이 방을 조금 해칠 거야. 손이 눈꺼풀 안에 맺혀 있을 거야.

그동안 너는 설계된다. 꿈으로, 빈터로.

나무에 기대어

물소리가 나를 흐르게 한다. 햇볕이 나를 하얗게 거두어들인다. 몸은 다 사라지고 나는 물이 되었구나. 물이 되었구나. 아무것도 아프지가 않다.

눈을 뜬다. 눈앞이 온통 거미줄이다. 나의 검은 야구모자 챙 아래로 거미가 집을 지었나 보다. 어둠 속에서 거미줄이 흔들린다. 거미도 흔들린다.

거미줄을 떼어낸다. 손이 끈끈하다. 그러나 거미줄 여전히 눈앞에서 흔들린다. 비가 오려는 건가. 나는 주먹 속의 거미와 함께 돌아간다.

목조 호텔

내 안에 방이 앉아 있다
방이 나를 어지른다

바다가 바다 밖으로 헤엄친다

입 밖으로 장난감이 쏟아진다
원반이 수평선으로 날아간다

젠가의 신을 본 적 있다
지금 그가 호텔의 방들을
넣었다 뺐다 하고 있다

신이 졌다
파도가 호텔을 무너뜨렸다

제일 아래 블록
로비가 나의 입속으로 들어가는 동안

셔츠가 셔츠에 걸려 넘어진다

원반 위에서 원반이 흘러내린다
구름과 쇼핑백이 나란히 걸려 있다

로비가 방 옆에 앉는다
로비와 방이 서로 낯을 가려서

식도를 걸어 잠근다

기도 대신 나무를 더 깎으세요
신은 그러면서 눈을 감고 손을 모았다
사라진 호텔 앞에서

나는 그를 이길 생각 없다
그의 실수를 내가 삼켰다

배 속에서 방이 기어 다닌다

방이 일어난다
어지럽다

동전 없음

한낮의 쇼핑 카트가 터널 속으로
굴러 들어간다
나올 때 밤이 되어 있다

도로가 카트를 세운다

콘크리트 위
뼈와 피부가 구별되지 않는
마트 이름이 벗겨진

어둠이 카트의 몸속을 채운다
도시에서
식료품이 끊이지 않는다

도로의 양옆으로
죽은 나무 진열되고

식료품은 고장 나지 않는다
그러나 카트는 서서히 상한다

헤드라이트 불빛이 카트를 민다
카트 속 어둠을 민다
브레이크 있고

도시에서 세일이 계속된다
카트는 바람에 쓰러지지 않는다

앞으로 가지 않고
양손 없고 그림자 없는

저 카트 죽이지 않게 조심해

그렇게 말하며 차 한 대가 지나간다
일 차선으로

목측

장마가 끝났어요
하얀 들판이 움직입니다

부상 입은 개구리 느리게
걸어가고

바람이 기울어진다
스쿠터가 개구리를 앞지른다

멀어지는 동안
웅덩이에 개구리가 비친다
개구리의 근육이 비친다

하얀 들판에 뭐가 묻었지
들판이 부드럽게 솟아오른다

몸을 부풀리는 개구리
변온동물입니다
다친 발에 뭐가 묻었지

변온동물이 걸어가고 있군요
해가 지면 어둠 속에 갇힐 겁니다

스쿠터가 하얀 꽃잎을 짓이기며 사라집니다

개구리의 붕대
여덟 시간에 걸친
나무에 검은 리본 달기

반나절이 지나
개구리의 걸음이 멎고

하얀 들판은 얼어붙은 저수지와 구별할 수 없군요
밤이니까요

얼음 속에 갇힌 이파리들
금속 같은 피부

잎은 나무에 잠시 묶여 있습니다

천천히 개구리 곁으로 굴러가는
돌멩이 한 개

석조 호텔

비누, 비누를 찾아야 해. 눈을 떴을 때 찾던 비누는 여전히 꿈속의 욕실을 미끄러지고 있었고 나는 꿈으로부터 미끄러져 나와 침대 위에 누워 있었다. 이 뻣뻣함. 등 뒤의 물기. 내 옆에는 네가, 긴 머리카락으로 얼굴을 다 가린 채 잠들어 있고, 샴푸 냄새가 너의 꿈속으로 퍼져나가고 있는 것 같다. 그래 너는 죽은 듯이 자는구나. 잠과 죽음은 누가 몰래 바꿔치기해도 모를 두 개의 물건 같다. 네 방의 비누와 내 방의 비누처럼. 바닥에 흩어진 비누의 살점들처럼. 지금쯤 각자의 욕실에서 말라가고 있을 비누들을 상상하지만 나는 너의 비누를 모른다. 어떤 빛이 비누 모서리에 고여 있는지 손을 비비면 어떤 향으로 어지러운지 기다란 거품이 어느 벽 몇 번째 타일에 묻어 있는지. 두 손이 부드러워지는 동안 차오르고 교체되고 이 호텔에도 비누가 있을 거야, 종이에 싸인 작고 하얀 비누가 욕실의 어둠 속에 놓여 있을 거야. 너는 머리카락 속에서 눈을 뜬다. 말한다. 꿈에서 죽은 사람을 보고 있었어. 내가 이렇게 모로 누워서, 곁에 누운 죽은 사람을, 이 사람 죽은 건가 생각하면서 보고 있었다고. 손을 뻗어 얼굴을 가린 머리카락들 걷어주었는데 그 사람 여전히 죽어 있었다고. 너 손 씻어야겠다, 가자, 나는 말하고

진화

눈 속에 자꾸 어둠이 쌓인다
테트리스처럼

컵을 쌓는다
컵이 눈앞을 가로막는다
모든 컵이 콜라로 가득하다

아니다
컵에 숲의 밤을 구현한 그래픽이 담긴다
냉장고가 터질 것 같다

집의 야생이 감소한다

정전에 컵은 빛난다
컵이 자발적으로 콜라를 쏟는다
콜라 속에서 월식이 일어난다

컵을 그리면 컵은 비워진다
종이가 어둠에 젖는다

(검은 물감을 그런 식으로 말하지 마세요
그림 그리지 마세요)

한 번 더

컵을 쌓는다
컵의 재질은 절반이 유리
절반이 플라스틱이다

컵은 피라미드와 무관하다
지구의 입장과 무관하다
중국집과도 마찬가지

어느 날 컵 속에 불이 났다

부엌에 넘쳐흐르는
얼음 가스레인지 눈알들

핀

확성기에 대고 크게 웃었다. 도시가 불타고 있었고 마침 우박이 쏟아졌다. 불은 얻어맞고 멈추었다. 불이 자기 흉터를 봐달라며 찾아왔다. 화상이네요, 금방 나을 거예요. 확성기에 대고 말하자 불은 조금 슬픈 표정을 지었다. 불을 위로하려다 한 걸음 물러났다. 괜찮아요, 연고를 드립니다. 화상 연고를 불에게 던져주었다. 불은 연고와 함께 사그라들었다.

모빌

피부 위에 거리가 지어지고 있다. 손등에 수영장이 고이고 허벅지 안쪽에는 사막이. 나를 만지는 손은 물에 빠지거나 모래 속으로 사라지거나. 슬픔이 없는 거리를 지어보자던 애초의 다짐이 희미해지고 자꾸 우는 사람이 생겨난다. 내 몸을 그만 적셔요. 이 작은 친구들아. 말하면 팔뚝으로 눈가를 훔치며 사과하는 작은 친구들. 그들에게 뺨을 내어주고 누워 있었다. 코피가 나서 허겁지겁 다시 일어났다.

조립

입을 벌리면
갑자기 늘어난 어둠에 방이 놀란다

벽지가 들썩거린다

침대가 다리에 달라붙는다
혀가 입속에 잘 있나

방이 어두워지면 창밖이 오나
물체 주머니가 괴물 역을 맡은
이십오 년 전의 꿈인가

일어나 봐,

빵에 잼이 발린다
과일이 끓어 넘친다
설탕 든 종이가 구겨지고

곡선으로 몰려오는 구름

개는 백지 위에 엎드려 잠든다

바람이 소파를 뒤집고
개의 귓속에 불이 꺼지고
토스터에서 자꾸 튀어 오르는 식빵

내가 잠옷 입고
대낮의 침실을 걸어 다닌다

이쪽으로 와봐
이걸로 방을 조립하는 거야

이가 빠지듯이
정원에 쏟아지는 검푸른 오면체들

개보다 먼저 뛰어오는 나
입속에 쑤셔 넣는 빵 그리고

벽의 편

골목에서 체조가 한창이다

누구지 저 각도는

손목이 떨어지고
무릎이 미래로 가고

낙서가 천천히 벽을 채우는 동안

체조가 벌어지므로
구름이 막다른 곳에서 망가지므로

몸을 멈추고 쉬는 숨

얼굴은 체조의 일원 아니고
움직임은 거울 없어도 되고

손바닥을 오래 들여다보면
등에 뜻이 생긴다

벽이 체조를 시도한다
모래가 날리는 동안
들썩임이 다 낙서가 된다

체조 순서가 길에 남을까
그림으로 몸을 할 수 있을까

손이 차렷하고
다 저녁 먹으러 가고
낙서들 지워진 어느 날

하나 둘 셋 외치며

길 밖으로 날아가는 드론과
주저앉는 꽃잎과

가정용 피아노

거실
다리 네 개
한쪽 다리가 짧다

연주되는 동안
장마

손끝과 건반 사이
반영이 흘러 다닌다

갈증을 견디며
피아노
다리 네 개

한쪽 다리가 짧다
짧은 다리 밑에 얇은 책이 놓인다

책 위의 피아노
의자 한 개

악보를 넘기면
검은건반이 모두 빗속으로 날아가고

흰건반 누르면 피아노의 몸통을 뚫고
끝없이
아래를 향하는

상상

상상

다리 네 개
길이 같고

네모나게 눌린 책 없고

의자가 피아노와 멀어졌다가
가까워졌다가

다시 멀어지고 나면

창밖에 사람이 어른거리고
산책이 어른거리고

햇빛이 덮개 위에 머물다 사라진다

놓친 컵이 바닥을 구른다
놓친 물이 피아노를 향해 느리게
흐르고

빛은 피아노를 열지 않는다
컵이 피아노를 닫지 않듯이

4부

현대사 공부

알아두는 편이 좋을 거예요, 독일 현대사 339페이지, 연이은 내각은 독일의 디플레이션 정책이 독일을 약화시키기 위해 베르사유체제가 부과한 족쇄 중 핵심으로 보였던 것, 즉 배상금 지불을 던져버리는 것을 가능케 하기를 희망했습니다, 그래요, 알아두는 편이 좋을 거예요, 시험에 나올지도 몰라요, 그리고 역사가 나를 더 명석한 사람으로 만들어줄지도 모르니까, 생각하며 339페이지에 코를 박고, 이대로 잠들 것 같다, 느리게 숨 쉬면 풍부한 종이 냄새, 물류 창고 냄새가, 어쩌면 인쇄소에서 감리를 보던 사람의 눈빛, 책을 쌌던 비닐들 바스락거리는 소리, 튜브를 흐르는 검은 잉크와 흰 구름 뿜어대는 종이 공장이, 공장으로 실려 오던 전나무들이, 그 속의 나이테들이요, 돌을 던지면 강물에 퍼져나가는 동심원들이요, 그 모습을 자신의 내부와 동일시하며 부는 바람에 물결과 함께 몸 흔들던 한 그루가요, 숲에서 얼마나 오래 살았던지 나무가 겪은 무수한 산불 나무가 빚은 무수한 열매 먹으러 몰려드는 무수한 산새가 날아왔던 곳, 강 건너의 평야로부터 이어지는 하늘길 모두 동심원의 모양과 조금 닮아 있고요, 나무가 작았을 때 더 더 작았을 때 평야로부터 날아온 새의 부리에 물린 한 톨의 씨앗이었을 때, 씨앗 안에 갇혀 있던 어둠이 마침내 터지는 그 순간에, 너무 작아서 잘 보이지도 들리지도 맡아지지도 않았겠지만 터지면서 어떤 소리를, 어떤 냄새를 발생시켰을 것 같아서, 그러니까 이 책은 너무 향기롭고, 제목과 무관하게 아름답고, 졸면서도 냄새를 맡을 수 있다는 게 좋고요, 내게 코가 있다는 사실, 그런 걸 알아두는 편이 좋을 거예요, 어쩌면 560페이지쯤에서 그 어둠이 터지는 냄새를 맡을 수 있을지도 모르니까……

가출

태양
동공을 가득 채우는
검은 고기

이건 자살점이야

뭐라고요?

아가 이 점은 꼭 빼야 해

왜요?

플랫폼에서
분홍 보따리 든 모르는 할머니
나를 혼내시고
타이르시고
이 점을 빼야 해 서울 가면 꼭
말하며
속초 가는 버스 타고 사라지시고

나는 눈 밑 점을 어루만지며
태양
검은 고기

뺄까 말까
이 점은 날 때부터 있었어요

서울 갈까 말까
가출 관둘까 말까

이거 안 빼면 자살한대요

빼면 자살 안 해요?

근데 나는 아기 때부터
검은 고기

나를 사랑하시고

아파하시고

공중을 흐르는
빛 매연 그리고

문드러진 할머니 지문이
가리키는

검은 고기

휴가

그날 내가 읽은 문장들은 완전히 다른 종류의 것이었다. 오래전 선물 받은 책인데 비로소 펼쳐볼 여유가 생겨 챙겨 온 것이었다. 낯선 이름의 라틴아메리카 출신 작가였으며 역서였으나 번역 이전의 언어가 지닌 정동과 떨림이, 종이 위에 한 문장 한 문장 써 내려간 작가의 섬세한 필체가 눈에 보이는 듯했고, 처음 만난 그 언어가 마치 태아 시절부터 지금까지 줄곧 들어왔던 양 자연스럽게 이해가 되는 것 같았고, 나는 거친 리듬으로 이루어진 타국어를 발음하는 음성의 주체가 자신이 처음 마주했던 기이한 이미지들을 묘사하는 낭독을 바로 곁에서 듣는 것처럼, 그 모든 맥락과 어원을 이해할 수 있을 것처럼, 이 책에 적힌 모든 단어가 최초로 탄생하던 순간의 벅찬 환희까지 느낄 수 있을 것처럼 몰입하기 시작했다. 짤막한 산문들로 이루어진 책이었으나 한 편을 읽고 나면 촉발된 떨림이 그다음 산문을 진동시켰고, 그러한 떨림은 다음 글의 첫음절부터 마지막 문장의 마침표까지 부드럽게 이어졌고, 한 편 한 편 읽어나갈 때마다 증폭되는 진동은 몸으로 옮겨 와 어느새 나는 손발을 바들거리고 있었다. 이런 아름다움이라니. 이런 기쁨이라니. 게다가 오늘은 여행의 첫날로, 나는 아름다운 호숫가에 조용한 숙소를 얻었으며, 이곳에서 며칠을 보내리라는 기대로 근래의 고단한 일정을 간신히 마무리하고 온 터였으니, 선물 같지 않을 수 없는 시간이었다. 늦은 오후의 빛이 하늘로부터 호수 표면으로 길게 떨어져 물결과 함께 부서지고 있었다. 그리고 아름다운 문장들, 이토록, 이토록 날 기쁘게 하는 문장들. 이런 글을 읽노라면 정말이지 당장 죽어도 좋을 것 같다는 생각과 죽지 않고 살아 있어서 다행이라는 생각이 교차하던 순간, 호수의 가장자리에서 낚시를 하던 사람들의 음성이 들려왔다. 나는 이어폰을 더 깊게 꽂고 볼륨을 높였다. 그러나 그들의 시끄러운 대화는 계속되었고, 책을 내려다보는 나의 시야에도 앉았다 일어났다 허리를 꺾고 웃는 그들의 요란한 움직임이 들어오기 시작했다. 호수의 고요와 대비되어 더욱 거슬리는 경박한 목소리로 그들은 끊임없이 떠들었으며 그중 두 명은 한눈에도 불륜 관계로 보였다. 너무 어린 사람과 너무 늙은 사람이 함께 있는 모습, 나는 저런 것이 정말 싫다고 생각하면서, 눈을 최대한 내리깔고, 아까 읽던 아름다운 문장에, 눈과 귀를 간지럽히던 작가의 음성에 집중하려 했다. 그들 중 어린 사람의 외양이 상당히 나의 취향이었던 것은 사실이다. 그러나 경박한 말투로 미루어보아 그의 내면은 안 봐도 뻔한 것이었다. 나는 다시 책 속으로 들어가고 싶었다. 책의 언어가 들려주는 미지의 아름다움이 나의 눈앞에 남겨두고 사라진 일말의 그림자라도 따라 그려보고 싶었다. 그 그림자의 살점 같은 글이라도 쓰고 싶었고 그런 글을 쓰기 위해서는 이런 글을 읽어야 했다. 읽는 순간이 중요했다. 좋은 시기에 읽지 않으면, 머리가 충분히 비어 있지 않은 때라면 일생일대의 문장들도 그냥 그렇게 느껴지기 마련이니까. 집중할 수 있는 지금이, 너무나 중요하다. 나는 고개를 한 번 크게 젓고 다시 책을 들여다보았다. 문장의 떨림은 조금 전만 못 했지만 그래도 좋았다. 그래도 아름다웠다. 그래야만 했다. 그럴 것이었다. 그들이 환호성을 질러대기 시작했다. 월척인 모양이었다. 월척이라니, 낚시라니, 정말이지 잔인하고, 천박하고, 싫다. 눈앞의 글은 조금씩 빛을 잃어가고 있었다. 해가 완전히 져버렸기 때문일까. 그럴 것이다. 그랬으면 좋겠다. 떨림은 어느새 멈추어 딱딱하게 굳어버렸다. 물결처럼 일렁이던 글자들의 리듬은 이제 벽에 박힌 못처럼 종이에 틀어박혀 움직임이라고는 찾아볼 수 없는 모습이었다. 그래도 나는 애를 썼다. 더 읽어보자. 조금 더. 진동이 다시 시작되는 그 순간을 찾아서, 아주 조금만 더……

이거 맛 좀 보실래요?

책의 페이지를 향해 있던 나의 눈앞에 접시 한 개가 훅 들어왔다. 구운 생선 냄새가 끼쳐왔다. 나는 고개를 들었다. 어떤 웃음이 날 덮쳤다. 그 순간 아주 감미롭고, 달콤하고, 갑자기 배가 고파질 만큼 아름다운 목소리가, 서서히 어둠이 내려앉는 호수에 작은 파장을 그리는 웃음소리들이 희미하게……

봄

그사이 이사를 너무 많이 했다. 집을 옮기고 옮기고 또 옮겼다. 방을 옮기고 거실을 옮기고 동네를 옮겼다. 가구도 옮기고 화분도 옮기고 곤충도 옮겼다. 어쩌다 시체도 옮기고 그랬다. 차가 못 들어가는 골목이 있었다. 나는 어깨에 박스를 얹고 새집으로 갔다. 소음이 심한 대로변이 있었다. 엘리베이터가 있기도 했고 없기도 했다. 놀이터 입구에 쓰러진 쥐가 있었지만 나는 이사를 하느라 바빴다. 교복 입은 사람들이 비명을 지르며 쥐를 피했다. 악기가 들어갈 자리가 없어도 악기를 옮겼다. 옮긴 것들이 너무 적어 보였다. 베란다가 없어서 베란다를 옮기고 싶었지만 그럴 수 없었다. 내가 고용한 인부 한 명이 있었다. 그는 과묵했고 조용히 나의 짐을 싸주었다. 매번 다른 인부가 왔지만 모두 과묵했다. 모두 어금니로 테이프를 끊었다. 나는 학교를 옮기고 직장을 옮기고 잠자리를 옮겼다. 나의 잠으로부터 꿈이 옮겨졌다. 꿈은 머리 밖으로 빠져나와 베개 위에서 상영되고 있었다. 꿈속에서 장례가 한창이었다. 영정 사진 속에 베란다에서 찍힌 내 모습이 들어 있었다. 나는 상주와 악수했다. 절을 하려 했는데 인부 한 명이 나를 어깨에 얹어 장례식장 밖으로 걸어 나갔다. 벚꽃 흩날리는 거리에 나를 내려주고 돌아갔다. 나는 다시 머릿속으로 나의 꿈을 옮겼다.

전단지들

전단지를 받는다, 받았던 곳에서
받지 않았던 곳에서도 받는다

출구를 나오면 흩뿌려지고 있다

어느새
한 다발 손에 들려 있다

모퉁이마다 길을 잃는다
헬스장 중국집 교회
가려던 곳을 잃는다

그러나 금세 그것을 되찾고

느리게
빠르게
걷다 보면

도착한 곳은

거리보다 환하다

밝은 형광등 아래에 사람들이 모여 있어

나를 기다리던 이들이 아니지만
내가 오면 약간 움직인다

나를 기다리던 사람을 잃는다

그러나 그가 손을 들어
나를 부르고
여기라고 이쪽이라고 말하면

나는 금세 되찾는다
한 손을 들어 크게 흔든다
전단지 다발이 함께 흔들린다

우리의 약속이었고
약속은 깨지지 않았다

내가 걸어가면
사람들은 비켜주거나 비켜주지 않는다

그럴 때 나는 조금 돌아서
뒷모습들 사이로
의자를 지나

그의 앞에 도착한다
그의 앞에 잠시 흩뿌려진다

테이블에는 커피 한 잔
그 옆에 전단지를 내려놓는다

그는 내 빈손을 잡으며 웃는다
뭘 이렇게 잔뜩 받아 왔냐고

불러오기

나는,
이라고 쓰자 손끝이 희미해졌다

어제는 이어달리기의 일원이었고
누군가 나를 찍었다며 보여준 사진 속에
텅 빈 운동장이 들어차 있었다

운동장은,
으로 고쳐 쓰자 저수지가 생겨났다

창밖의 새 한 마리
하늘에서 죽은 건가

저수지 위로 떨어지다가
표면에 닿기 직전
다시 새하얗게 날아오르는

이 장면은 기억해야겠다, 생각하면
깃털 모양 초콜릿이 종이 위에 있다

글자를 느리게 적시고 있다

물수제비 튀어 오른 흔적이
이쪽부터 저수지 끝까지 이어지는 동안

돌을 찾아
나는 손을 쥐었다 편다

희미하다는 건
아직 거기에 있다는 뜻

그렇게 적고 나니 모든 것이 명료했다

어제의 내가 나의 반대 손에
바통을 쥐여주었다

뛰는 법을 잊어버렸다
글을 이렇게 시작하기로 하자

선명하게 안 흩날리게
머리카락도 셀 수 있게

말로

문을 보세요,
문이 있는 배경을 지우세요
문을 허공에 띄우고 그것을 그리세요

누군가 자신이 들어온 문을 가리키며 말했다

끄덕이며 붓을 집었다
잘 개어진 물감에 붓을 적시고
고개를 들자, 어느 미술관이었다

모든 벽이 유리로 되어 있구나, 사방에서
캄캄한 파도가 몰려오고 있구나

이곳은 희고
거대한 문이 걸려 있고
열면 돌아갈 수 있을까 하여
자세히 보았는데 그것은 액자였다
배경도 없이 문만 있는 액자였다

인파가 몰려들었고
그중 한 명이 액자를 뜯어내었다

텅 빈 벽에
말라붙은 본드 자국이 있었다
나는 앉아 그것을 바라보았다

파도가 계속되었고 그렇게
며칠이 지났는지 알 수 없었다

면식범

왜 어릴 적 영상이 여기 남아 있는 걸까.

노이즈가 많습니다. 찢어지는 소리가 납니다. 화면은 흐리고,

어린 나는 목덜미가 희고 모자를 썼습니다.
피아노 학원은 비디오 가게를 지나면 나옵니다.
골목에 떨어지는 빛을 따라 걷습니다. 나는 피아노를 배웁니다.
여섯 살 때부터 배웠습니다.

개가 짖습니다. 오선지가 찢어집니다. 학원에는 방이 여러 개 있습니다. 쇼팽 방, 모차르트 방, 드뷔시 방…… 방을 고를 수는 없습니다. 방은 선생님이 정해줍니다.

오늘은 쇼팽 방이 비었습니다. 나는 드뷔시 방을, 왼손 아래 고장 난 건반들을 좋아합니다. 고치지 말아달라고 하자 선생님 얼굴이 붉어집니다.

영상은 계속됩니다. 찍는 손이 자꾸 흔들립니다.

소나티네를 연주합니다. 드뷔시 방의 피아노를 고친 것 같습니다. 선생님의 선명한 연주가 들립니다. 나는 좋아하는 방을 잃고

좋아하는 애가 생겼습니다.

그 애가 모차르트 방에서 피아노를 칩니다. 나는 밖에서 이론 공부를 합니다. 팔분음표를 열두 번, 높은음자리표를 여섯 번 그리는 날입니다.

다 그렸는데 선생님이 없습니다. 모차르트 방에서 모차르트 음악이 흘러나옵니다. 의자를 끌고 방 앞으로 갑니다. 문 높은 곳에 창문이 있습니다.

의자 위로 올라갑니다. 두 손을 두 눈에 갖다 댑니다. 창 너머로 그 애가 피아노를 칩니다. 치지 않습니다. 치다가 맙니다. 소리는 계속되는데 그 애는 앉았다 일어났다 다

시 앉으며 불안해합니다. 자세히 보려고 가까이 갔는데

의자가 넘어집니다. 나는 더 크게 넘어집니다.

선생님이 들어옵니다. 나를 일으켜 세웁니다. 그 애가 방에서 나오지 않습니다. 나는 웃습니다. 괜찮아요, 저 진짜 괜찮아요.

카메라를 든 손이 떨립니다. 선생님이 무릎을 살펴봅니다.

전화벨이 울립니다.

엄마, 이 영상 뭐야, 누가 찍은 거야? 우리 집에는 캠코더가 없었는데……

넘어진 의자가 일어납니다. 모자 쓴 아이가 학원 밖으로 빠져나옵니다. 빠른 속도로

뒷걸음질을 시작합니다.

비디오 가게를 지나면 큰길이 나옵니다. 좋아하는 애가 도로 위에 쓰러져 있습니다.

선명하게 쓰러져 있습니다.
그 애를 지나 뒷걸음질 칩니다.
화면이 흔들립니다. 엄마가 전화를 끊습니다.

그럼 이건 뭔데? 얘는 누군데?

음악 소리가 커집니다.
햇빛이 발등 위로 튀어 오릅니다.
아이가 걸음을 멈춥니다. 뒤돌아 카메라를 봅니다. 환하게 웃습니다.
거꾸로 웃습니다.

눈이 마주칩니다. 나는 손짓합니다.
이리 오라고 말합니다.

괜찮아요, 저 진짜 괜찮아요.

화면 속 아이가 말합니다.
수없이 말합니다.

정물

일요일에 비가 옵니다 그러니까
장마 전에 과일을 많이 사두라는
그런 말이 들렸다
비를 맞으며 장을 보았다
부엌까지 뛰었고
식탁에 사 온 과일을 늘어놓았다
흰 식탁과 붉은 과일들, 그중
무엇도 상하지 않았고
비 맞은 곳마다 멍이 들었다
뜨거운 물로 샤워를 하고
식탁 앞에 앉았다
아픈 곳은 없는데 눈을 찌푸렸다
놓아둔 과일이 흐려져 있던 것이다
식탁은 영원할 것처럼 희고
바닥에는 비닐봉지가 장난처럼 떨어져 있다
붉은 과일들 모두
조금은 투명하고, 안색이 좋지 않고
내 손을 통과할 수도 있을 것 같다
못 본 척 눈을 감았다 떠도

과일은 흐리고 나는 희한하게도

그것을 믿고 있다

비슷한 기억들이 스쳐 가는데

아마 아닐 것이다

비는 계속 오고 아무도

오지 않았으면

이 장면을 믿게 할

자신이 없다

생태계

모든 것을 아는 것처럼, 아무것도
모르는 것처럼
춤을 추는 어린 무리가
터널을 지나는 중입니다

나는 눈입니다
비행기에 앉으면 지상이
고개를 숙이면 지하가 보입니다

동물이 웅크립니다
도화지가 구겨집니다
부드러운 것은 모두 잠들고
사람 아닌 것들은 사람에 대한 감정에 관해
이야기합니다

춤은 보통의 것이 아닙니다
어린 무리는 분명 살아 있습니다 그런데
저 춤은 왜 이렇게……

머릿수를 세는 일은 쉽습니다
자꾸 실패해서

행선지를 잃었습니다

비행은 계속됩니다
침묵은 날고 있는데

감정이 생겨서

눈이 아픕니다
이제 그만 잠들고 싶습니다

이 터널을 지나면
아주 아름다운 동산이 펼쳐질 텐데

어린 무리가 그것을 감당할 수 있을지
나는 걱정이 많습니다

레가토

발레를 배우기 시작했어

아내는 말한다 보여줄까

천 년 전의 겨울을 끌어와 배경으로 삼는다 삼백 년 전의 사과를 탁자 위에 놓는다 사백 년 전의 음악을 틀고 칠백 년 전의 벽을 세운다 그곳에 기대어 이백 년 전의 발끝을 삼십 년 전의 걸음을 어제의 포즈를

내 앞에 몽땅 가져다 둔다

거실에는 이천 년 전의 햇빛이 들이쳐 아내의 손톱 위에 머물고 몸의 윤곽이 하얗게 바래고 그림자는 떤다 힘이 부족한가 나 때문인가 아니면 혹시 여기가 궁전이 아니라서?

오십 년 전의 아라베스크
빛의 물결무늬

자세를 낮추었다가
무릎을 펴
일어서 있는 미래에서 그는 나를 기다린다

어때?

그곳에 가기 전에
나는 박수를 친다

고개 숙여 인사하면 가볍게 사라지는 얼굴

발의 아치가 천천히
무너지는 동안

백발이 된 아내가 추는 발레가
곧은 자세가

허공을 잠시 흩어놓는다

아내를 세워두고
소파 위에 눕는다

어리둥절한

여기에서 보이는
나는 네가 좋다

껌 종이

다 씹으면 여기에 뱉어

너는 내 손에 껌 종이를 쥐여주었다

종이를 열자
반짝이는 은색이었다
무수한 햇빛이 그 위로 쏟아지고 있었다

너는 너무 환하게 웃는다

그것을 주머니에 넣고
나는 벌써 몇십 년째 입을 우물거리고 있다

열차 진행의 반대 방향으로

국경, 이제 곧 국경을 지납니다, 기장의 안내 방송이 울려 퍼질 때 우리는 열차 안에서 열차 진행의 반대 방향으로 걷고 있군요 끝이 있는 것처럼 각자의 나라로 돌아갈 수 있을 것처럼 걷는 동안 승객들을 지나칩니까 웃는 얼굴은 풍경 같아요 우리가 몇 명인지 나는 모르고 얼굴이 몇 개인지 셀 수 없습니다 얼굴들을 지나 리와인드, 손을 잡지 않아도 함께 걸을 수 있군요 창밖은 보라색 덤불 숲 지나치느라 사색이 되었습니다 비가 올 것 같은 하늘과 젖지 않을 것만 같은 식물 그 둘이 엮여서 계절입니까 걸어요 우리는 열차 진행의 반대 방향으로 마지막 칸에는 조금도 기억되지 않은 오래된 여름이 웅크리고 있을 거라는 믿음으로 걷습니다 금방 갈게 우리 두 발로 흔들리는 빛들 밟으며 갈게 자, 이제 걷고 있었다는 기억만 남고 걸음의 동작들은 지워주세요 계절과 산책이 직접적으로 연관되지 않은 것처럼 계절을 다루어주세요 풍경을 보지 못해도 풍경은 그곳에 있습니다 알아주세요 안내 방송은 못 들은 것처럼 의연해주세요 빛보다 빨리 모든 것을 되돌린 뒤에 무엇도 끝나지 않을

거라고 말해주세요

나를 제외한 너의 전체

전승민
(문학평론가)

1. 익명의 시신이 해변에서

어느 봄날, 살인 사건이 발생했다. 집과 방과 거실과 동네를 계속해서 옮겨 다녔다며 읊조리는 화자는 화분과 곤충 사이에서 "어쩌다 시체도 옮기고 그랬다"는 고백을 슬며 섞어둔다. 하지만 시체를 옮겼다는 진술만으로 그가 곧장 범인이라고 단언할 수는 없다. 죽은 자의 신원에 대한 단서도 없거니와 "그사이 이사를 너무 많이 했다"며 지친 듯한 그에게 시체 한 구는 그저 들여놓을 공간이 없어도 버리지 못하는 악기보다 덜 중요하다(「봄」). 하지만 이 신원 미상의 시체를 그저 지나칠 수만은 없다. 『세트장』 곳곳에서 풍겨오는 불길한 죽음의 냄새 때문이다. 권총을 쥐고 산을 올랐다가 실수로 절벽을 쏠지도 모른다고 하거나(「비」) 계속되는 봄밤의 산책이 하필 무덤 주위라거나(「풀의 밀폐」) 하는 상면들을 지나면서 우리의 의식은 이 한 건의 죽음에게 점점 붙들린다. 우리는 본의 아니게 살인 사건의 해결에 연루된다.

가장 먼저 발견되는 단서는 버려진 칼이다(「무수한 놀이」). 화자는 "해변의 마을에서 살인이 벌어지고, 살인과 무관한 칼이 백사장에 버려져 있"음을 본다. 한데 말하는 이는 어찌하여 그 칼이 살인과 무관하다고 단언할 수 있나? 그것의 무관을 판정할 수 있는 유일한 사람은 실상 그 칼을 사용했던 당사자뿐이지 않을까? 루미놀반응을 확인할 수 없는 이 "깨끗한 칼"은 어느샌가 사라지고 대신 "살인자를 잃어버렸지만/칼을 찾게 해주세요"라는 사람들의 기도 소리와 "물속으로" "죽은 자가 가라앉는 동안" "뼈 어긋나는 소리"만이 울려 퍼진다. 그가 말하는 이 모든 이야기의 유일한 청자는 그의 가족도, 친구도, 경찰도 아닌 다만 검은 눈을 반짝이는 개 한 마리일 따름이다. 이야기는 "다음 날에도, 그다음 날에도" 마치 세계를 향해 언제나 처음 발설되는 비밀처럼 무수히 반복된다.

현장으로 여겨지는 곳에서 발견된 칼은 이미 오염되어 증거로 채택되기 어려워 보인다. 물증 채집 다음은 동기의 조사다. 어떤 존재가 이 세계에서 반드시 사라져

야만 하는 모종의 강력한 이유가 생길 때 정말로 누군가가 곧잘 사라진다. 그러니 다음 순간의 우리가 누군가가 실종된 바다 근처를 기웃거리게 된다 해도 그다지 이상하지는 않을 것이다(「R을 제외한 해변의 전체」). 이상한 것은 이 시다. "R은 해변의 모든 것과 자신을 가리켜 '우리'라고" 부른다는데 그러면서도 "R을 제외한 해변의 전체가 R을 지켜보고 있"다고 한다. '우리'의 시선은 하나가 아니라 R과 R이 아닌 것 두 개로 쪼개진다. 이상하다. 시는 분명 "R의 기쁨과 절망과 그리움이 모두 하나였다"라고 말하는데 말이다. 왜 그런가? 그건 바로 R이 소설가이기 때문이다. ("R은 장편소설을 한 편 써야겠다고 마음먹었고") 소설의 시간은 시의 시간과 다르게 흐른다. 소설의 사건은 선형적인 시간 위에서 개연성을 획득한다. "해변의 왼편을 과거로, 오른편을 미래로 설정하"고 "왼쪽 해변은 순식간에 오른쪽 해변으로 스며"드는 '자연'스러운 시간성 안에서 소설은 씌어진다. 공간 역시 시간과 결부되어 드러나므로 시공간은 언제나 하나의 단어다. 그리고 이 모든 물리적 자장을 성립게 하는 빛이 있다("태초에 빛이 있었다……").

문제는 이 장면을 목도하는 우리가 소설이 아니라 시가 펼쳐둔 시공간 속에 있다는 사실이다. 현장에서 발견된 칼은 "그것을 비추는 빛 없이도 빛나고 있다"(「무수한 놀이」)라고 하지 않았나. 시는 선형성을 좋아하지 않는다. 특히 김선오의 시들은 더욱 그렇다. 『세트장』에서는 오늘의 왼쪽에 과거, 오른쪽에 미래를 배치하지 않는다. 선형적인 시간성을 전제로 하는 물리법칙들은 매일 파괴된다. "물은 가끔 물 밖으로 태어나려" 하고 "해수욕장의 물이 아니었고 이국의 바닷물도 아"닌 그 물은 다만 "내가 잠겨가는 순간"이 "영원히 상영되고 있"는 시공간일 따름이다(「익사하지 않은 꿈」). 그러니까 물이나 바다는 누군가가 억울하게 익사하고 마는, 그래서 영속적으로 감금되는 영원의 영역이다.

망망대해의 어둠 위를 내리쬐고 있는 그 태초의 빛은 사실 카메라 렌즈로부터 방사된 것이다.[1] R을 제외한 해변의 전체가 R을 보는 방식이 "R이 해변을 바라볼 때와 같은 방식"(「R을 제외한 해변의 전체」)으로 성립하기 위해서는, 그가 외부 대상들을 향해 빛을 쪼아서 그것을 의식의 필름 위로 현상하는 일이 필요하다. 결코 "뷰파인더 너머로 건너오지 않는" R이 촬영하는 "필름은 내장된 미래"로서 "빛에 의한 가연성과 불연성을 동시에" 지닌다(「범세계종」). 말하자면 타자와 대상이 주체 R의 인식을 통과하는 순간 그것들은 R이 만드는 표상의 영

1 이때 존재자는 레비나스가 보듯 존재라는 익명성으로부터 솟아오르는 사건적 관계성을 갖고, 그 관계는 '빛'을 통해 성립한다. 빛을 통해 세계가 우리 앞에 주어지고 소유되며 파악된다. 에마뉘엘 레비나스, 『존재에서 존재자로』, 서동욱 옮김, 민음사, 2003.

역 안으로 속박된다는 말이다. 요컨대 촬영은 R이 인식의 주체로서 외부 세계와 사물들을 언어와 시각을 매개로 현상하는 행위다. 빛이 투사된 대상들은 R을 주어로 하는 명제 안으로 속절없이 끌려가고 그들은 R이 주체로서 부여하는 타자의 지위만을 얻는다. 대상 그 자체의 고유한 대상성 혹은 타자성은 카메라 셔터에 의해 훼손되고("셔터 소리는 조금 상처가 된다", 「범세계종」) 그래서 그들—구체적인 존재자들은 익명의 존재가 되어 영원히 물속으로 가라앉는다("바다가 우리의 무엇을 영원토록 만드는 게 싫다", 「침범, 노이즈, 산성」).

한편, 다시 처음으로 돌아가서, 봄철의 이삿날 옮겨진 시신은 도대체 누구며, 또 범인은 누구란 말인가? 그리고 이 살인 사건은 바닷속의 이름 없는 이들과 어떤 관계가 있나?

2. 돌에 입 맞출 때 태어나는 빛

물속에서 이름을 잃어버린 시신(들)을 구해내기 위해서는 타자의 고유한 타자됨을 훼손하는 빛의 감광을 중단시켜야 한다. 혹자는 필름을 현상하는 주체를 죽이면 되지 않느냐 물을 수도 있겠지만 그 제안은 금세 모순에 봉착하고 말 테다. 가령, '나'는 자신으로부터 탈출하기 위하여 '나'를 죽일 수 있는가? 이 문제는 레비나스가 말하는 초월의 문제와 꼭 맞닿는다. 주체의 탈출이 결과적으로 성사되기 위해서는 그 성취 이후에도 주체의 자기동일성이 유지되어야 한다. 그래서 만약 '나'가 죽어버린다면 '나'는 탈출한 것이 아니라 다만 소멸한 것이 되므로 자살 역시 뾰족한 해법이 될 수 없다("이거 안 빼면 자살한대요//빼면 자살 안 해요?", 「가출」). 따라서 '나'의 존재자적 위치 자체를 소거하지 않고서, 다만 '나'가 세계 위로 비추는 빛의 종류를 바꿔볼 수 있으리라는 추론이 우리에게 다가온다. 타자를 주체 안으로 포섭하여 소외시키는 빛이 아니라 타자성 그 자체를 밝혀주는 새로운 빛으로 말이다. 레비나스식으로 말하자면, 자아moi가 자기soi와의 관계를 단절한 뒤 타자와의 관계 안으로 접속해 들어가는 인식의 빛이겠다.[2]

그러므로 기존의 시적 주체들이 그들의 망막에 세계를 투사하여 그들만의 해석체로서의 세계를 그려냈다면 『세트장』의 시적 주체는 이와는 완전히 다른 위상에서 세계를 본다. 그가 가져오는 이 새로운 인식의 빛은 "돌과 입맞춤"하며 도래한다. 처음에 '나'는 대상을 낚아채는 뷰파인더 뒤에 선 여느 주체들과 같은 시선을 가진

2 에마뉘엘 레비나스, 『탈출에 관해서』, 김동규 옮김, 지식을만드는지식, 2011.

것처럼 보인다.

> 내가 그를 바라보지 않았던 영원의 시간 동안 그는 서 있었을 것이다. 그러나 내가 그를 바라보았으므로 그는 검은 뒤통수를 움직일 것이다.
>
> 문득 나는 내가 그의 영혼 같았다. 그의 존재로 인해 내가 방이라는 착시적 현상 속에 머무는 것 같았다.
>
> [……]
>
> 천천히 그를 보았다. 그는 나를 돌아보지 않았다.
>
> —「돌과 입맞춤」 부분

주체의 시선이 '그'를 장악하고 그의 뒤통수는 끝내 움직이리라 '나'는 확신하지만 그 확신은 매우 쉽게 빗나간다. 그의 움직이지 않음은 '나'에게 궁극의 질문: "나는 그를 봄으로써 그보다 내가 선행하고 있음을 확인하고자 하는가?"에 대한 무언의 답이다. 요컨대 "그와 나는 영혼과 육체의 관계가 아님"을, 정신이 육신을 지배한다는 이항대립적 위계는 순전히 시적 주체의 착오였음을 금방 깨닫는다. 근거는 바로 '나'의 시야에 범람하는 '그'의 사물들이다.

그의 머리, 그의 기립, 그의 태양, 그의 어지러움, 그의 먼지, 그의 저수지, 그의 종이비행기, 그의 연주, 그의 졸음, [……] 그의 귀여움, 그의 거품, 그의 리듬, 그리고

—「돌과 입맞춤」 부분

끝내 나를 돌아보지 않는 "그는 돌을 들고 있었다". '그'는 '나'의 인식 안으로 함몰되지 않고 완전한 바깥에서 자유롭다("나는 순식간에 그와 돌을 잃었다"). 언제부터 들고 있었는지는 모르나 분명 그의 손에 들려 있는 돌은 '나'에게 에포케epoché를 요청한다. 하지만 '나'는 끝내 '그'를 잃어버리고 '나'는 괜히 짧은 창문의 길이를 탓하며 그가 도망치는 뒷모습이라도 왜 더 오래 보지 못했나 하는 마음을 나직이 말해본다. 그가 사라지고 남겨진 자리에서 '나'는 그를 따라 한다. 주변의 사물들을 그가 들고 있던 돌처럼 쥐어본다.

비누를 돌처럼 쥐어보았다.
귀를 돌처럼 쥐어보았다.
열대어를 돌처럼 쥐어보았다.
[……]
바이올린을 돌처럼 쥐어보았다.
허공을 돌처럼 쥐어보았다.

물을 돌처럼

밤을 돌처럼

빛을 돌처럼 쥐어보았다.

—「돌과 입맞춤」 부분

그러고 나서 '나'는 "결국 그가 돌을 돌처럼 쥐고 있었다는 결론에" 이른다. 이 순간 시적 주체는 대상을 온전히 대상의 입장 안에서 경험해야 한다는 깨달음에 도달하는데, 다시 말해 돌처럼 쥐었던 모든 사물을 말할 때는 '나'가 그것들을 경험하는 방식이 아니라 그들이 세계를 경험하는 방식을 말해야 한다는 것이다. 대상의 외부에서 내리쬐는 주체의 빛은 그 대상이 존재하기 이전에 이미 선행하던 모종의 인식의 지평 안으로 그 대상을 끌어들인다. '나'는 그 빛을 이제는 다른 빛으로, '돌처럼 쥘 수 있는' 빛으로 바꾸어야 한다고 각성한다.[3] 인간 주체가 아닌 존재자가 그들의 외부 세계를 어떻게 바라보는지, 역으로 말하면 이 세계가 '나' 아닌 다른 존재자에게는 어떻게 드러나는지를 현상해야 한다는 깨달

3 이러한 '빛'은 최근 도래한 새로운 객체 지향 철학 혹은 기계 지향 존재론, 또는 신유물론 등의 분야에서 넘쳐나고 있다. 이들 학파는 기존 철학이 지닌 담론의 언어가 사물과 물리적 행위주체의 실재성을 표백시키고 객체들 자체가 지닌 물질성을 소거한다는 한계에 대한 비판 위에서 등장했다. 레비 R. 브라이언트, 「에일리언 현상학」, 『존재의 지도』, 김효진 옮김, 갈무리, 2020.

음, 그를 잃지 않기 위해서는 내가 그의 방식대로 세상을 볼 수 있어야 한다는 말이다. 하지만, 모종의 인력을 통해 내 안으로 들어온 그를 나 아닌 그의 방식으로 보는 것은 과연 가능할까? 나의 경험과 가치와 판단은 어느 지점에서 무화되어야 하는 걸까? 나를 잃어버리지 않으면서 그리고 동시에 네가 되지 않으면서도 '나'가 너의 입장에 서서 너를 보는 일은 어떻게 가능할까.

3. 사물의 젠더와 논바이너리 유령

애초에 시체는 방에서 옮겨졌는데(「봄」) 왜 현장으로 바닷가를 수색하는지 되물을 수도 있겠다. 방과 바다가 개연적인 관계를 지니기엔 둘 사이의 거리가 너무 멀지 않느냐는 반론과 함께 말이다. 흉기로 추정되는 칼이 해변에서 발견됐기 때문이리라. 그럴 법하다. 그러나 '돌처럼 쥘 수 있는' 새로운 빛이 우리의 인식 지평에 도래했다면 방과 바다의 거리는 가까워질 뿐만 아니라 방 안에 바다가, 혹은 바다 안에 방이 들어 있는 세계도 가능해진다.

내 안에 방이 앉아 있다
방이 나를 어지른다

바다가 바다 밖으로 헤엄친다

—「목조 호텔」 부분

"손등에 수영장이 고이고 허벅지 안쪽에는 사막이"(「모빌」) 지어지고 "낙서가 천천히 벽을 채우는 동안"(「벽의 편」) "눈 속에 자꾸 어둠이 쌓"(「진화」)일 뿐만 아니라 "방이 어두워지면 창밖이 오"는 사태가 속출한다. 이전 세계에서는 주어 자리에 올 수 없던 명사들이 행위주체라는 세례명을 받고 되살아난다. 시적 주체가 세계를 바라보는 시선은 이렇게 최소 한 번 역전되지만 그렇다고 해서 '나'가 행위주체의 지위를 박탈당하는 것은 아니다. 바뀐 세계에서도 나는 "잠옷 입고/대낮의 침실을 걸어 다닌다"(「조립」).

주체의 범주가 인간에게 한정되지 않고 사물－대상까지 포괄하게 됨으로써 주체와 객체는 상호 배타적인 이항대립 관계로부터 탈출한다. 전통적인 위계의 장력에서 벗어난 주체와 객체는 이제 '기계Machine'라는 공통 범주 안으로 들어간다. 이때 기계는 입력물input을 변환하는 작업을 수행하는 역능을 가진, 결과물output을 생산하는 조작들의 체계로 정의되며 기계들 사이의 관계는 철저히 행위주체성을 기준으로 관찰된다.[4] 그러니까 기계－객체의 관점에서 모두가 일인칭 주어의 자리에

올 수 있으며 따라서 "어느 날 창문이 날아와 돌을 깨뜨렸다"(「복원」)는 진술도 충분히 진실하며 타당하게 된다. 인간 주체의 인식 체계에서는 사람이 창문을 힘들게 뜯어서 돌 위에 내리치는 행위보다 돌을 주워 창문을 향해 던지는 것이 더욱 개연적이라고 생각하겠지만, 돌과 창문이 모두 동일한 행위주체성을 지닌 주어 자격을 획득한다면 각각의 시선에서 현상되는 서로 다른 세계상을 추론할 수 있게 된다. 그러니까, 이때 창문이나 돌은 비유의 함수를 통과하지 않고 의인화 작용을 전혀 거치지 않은, 다만 서로에게 어떤 역능을 발휘할 수 있는 기능적 렌즈를 통해 초점화되는 것이다. 삼각형이나 각도, 곡선, 점, 선, 면 등의 형태로 소환되는 기하학적 객체들 역시 주체-객체의 위계적 인식론적 그물망으로부터 탈출하려는 양태들이라 할 수 있다(「부드러운 반복」).[5]

그리하여, 다시 만난 이 세계에서 시적 주체는 **준객체**[6]

4 가령, 베토벤 피아노 소나타는 반복해서 서로 다른 연주(결과)를 산출할 수 있는 무형의 '기계'다. 인간이든 비인간이든, 혹은 추상적인 기호나 기표도 주체 혹은 준객체가 될 수 있으며, 인간 역시 주체에 대한 객체가 될 수 있다.

5 기하학은 어떤 조건에서도 명석판명한 진리값—그것의 출현 그 자체 외의 어떤 감성적·심리적 차원의 의미를 갖지 않는다. 추가적으로 필요한 존재 정립 과정이 없다. 자크 데리다, 『기하학의 기원』, 배의용 옮김, 지식을만드는지식, 2008.

6 "준객체 또는 주체는 역동적인 누빔점 [……] 기계들 사이의 관계와 상태를 끊임없이 재배치하는 이동점이다." 레비 R. 브라이언트, 「중력」, 같은 책, p. 345에서 세르Serres의 용어 재인용.

라는 새로운 위상을 획득한다. '주체'는 문장 구조의 주어 자리처럼 고정된 절대 불변의 지위가 아니라 그것이 수행하는 역능과 처한 조건에 따라 잠정적으로 부여되고 회수되는 일시적 지위다. 이 주체 또는 준객체-기계는 재현하지 않는다. 다만 생산한다. 1부와 3부의 두 「세트장」은 화자가 경험한 것의 시적 재현이 아니라 시적 생산 과정을 보여준다. "그 안에서의 파열" "질주" "응시" "공회전" "주춤거림" "잠" "반복"(「세트장」, p. 110)은 모두 대상들의 물리적이고 화학적인 작용이다. 가령, 사물은 하나의 장소 또는 물질이 된다. 곧, 인간 주체와 대상, 그리고 사물과 물질을 상징계의 차원으로 단순 환원하거나 부분화하지 않음으로써 주체와 객체의 존재론적 위계를 거부하는 새로운 인식론의 지평 위에 『세트장』은 서 있다. 주체가 준객체의 지위를 얻으면서 우리는 그들 각각이-기계들이 서로 접속하고 연결 해제되고, 또다시 연결되는 장면을 목격한다.

나는 녹슨 자전거가 병원 벽을 들이받는 순간
너는 카메라 백 개가 동시에 고장 나는 순간

[……]

나의 운동과 너의 운동이 걸려 넘어지는 순간

60퍼센트 정도의 우리가 동시에 깨어난다
눈을 비비며 묻는다 너희 지금 뭐 하냐고

—「십진법」 부분

'나'와 '너'의 존재론적 양태가 모두 어떠한 '순간'이라는 사건의 국면 또는 개념적 추상이 될 때, 기계 혹은 준객체의 지위 없이 '나'와 '너'를 해석하기란 여간 어려운 일이 아니다. 물론, 해석 이전에 붙들리는 경험이 있다. '나'와 '너'의 운동이 충돌하는 접속의 순간, 곧 "60퍼센트 정도의 우리가 동시에 깨어"나는 순간에 이 새로운 탄생은 십진법의 단위가 초과되어 넘어가는 미분된 찰나 속에서 우리의 나머지와 함께 포착된다. 임계점, 또는 경계를 넘어가는 변화율의 운동을 목격하는 우리는 **논바이너리Non-binary** 주체가 현현하는 역사적인 순간—자기 존재 정립의 시적 에피파니epiphany를 체험한다. 논바이너리는 성적 주체의 개념으로서 젠더 영역에서 드러나는 정체성이지만 젠더와 섹슈얼리티도 결국은 주체의 행위와 수행, 그리고 세계와의 감응에 의해 결정된다. 그래서 객체들의 빛으로 충만한 세계에서 사물들, 다시 말해 역능을 가진 기계들도 젠더를 획득할 수 있게 된다. 이때 인간 기계와 비-인간 기계 모두에게 부여 가능한 유일한 젠더가 논바이너리다. 남성과 여성,

그리고 주체와 객체의 지위 모두 상호 배타적인 이항대립을 형성하고 다른 한쪽이 다른 한쪽에 대하여 유표화되는 우위의 맥락을 형성한다. 이 위계의 이항관계에 대하여 인간 주체로서의 논바이너리는 젠더 이분법을 초과하는 젠더, 사물－준객체로서의 논바이너리는 주체와 객체, 그리고 인격 주체와 비인격 주체의 이분법을 뒤흔들고 무화시키는 역능을 지닌 행위주체로서 갖는 젠더인 것이다. 논바이너리는 인격 주체와 비인격 주체를 동일한 위상으로 끌어안는 준객체의 지위 안에서 비대칭적 권력 구도를 파기하려는 젠더 정체성이다. 그래서 논바이너리는 그 어떤 범주로 속박되지 않는다. 주체의 인식 안으로 끌려가는 인력에 대한 항력이 이들 삶의 동력이다. 의미의 규정이 발휘하는 구심력과 원심력 사이에서 끊임없이 길항하며 논바이너리를 마주하는 다른 이들의 인식론적 우주 역시 계속적인 교란 상태에 놓인다. 발화자가 인간인지 비인간인지 알 수 없다면 그 말들을 받아 드는 청자의 정체 역시 알 수 없을 따름이다.

저는 제 말의 청자를 인간으로 삼아야 할지 유령으로 삼아야 할지 조금 헷갈리지만, 오늘은 그냥 당신으로 삼고 싶은 기분입니다. 그러니까 인간인지 유령인지 아직 정해지지 않은 쪽으로요.

—「농담과 명령」 부분

『세트장』 한구석에는 일군의 논바이너리 유령들이 무리 지어 산다. 시적 준객체라는 새로운 지위의 획득 과정은 유령들이 사는 세상의 밑그림이다. 이들의 목소리가 궁극적으로 모아내는 것은 자연 내부의 범주와 그 한정에 관한 근원적인 물음이다.

그런데 붉다는 건 뭐지?
희다는 건 뭐지?
우리는 뭐지?

[……]

인간은 장미 정원과 노을을 어떻게 구분하나요.
녹슨 자전거와 잿더미는요.
하얀 노을은 누구의 입장이 불탄 자리인가요.

—「농담과 명령」 부분

유령들이 던지는 물음표들은 유리처럼 투명하다("우리의 모든 면은 유리로 되어 있어 우리 밖으로 넘실대는 세상이 보입니다. [……] 우리는 깨지지 않습니다./상처가 내장을 드러내면서도 깨지지 않는 방식과 같습니다"). 그 어떤 범주로도 귀속되지 않고 흐르고 튕겨 나가고 반짝이는 논바이너리들의 존재 방식은 투명할 수밖에 없다. 불투명해지는 일은 그들이 사멸하는 순간에 일어난다. 유령의 투명한 몸이 붉은 장미로 변한다는 것은 사망 선고와 다름없다("가엾은 옅은 유령은 감히 그것을 몸소 경험하였기에 장미가 되었던 것일까요?"). 유령들이 유령이기 위해서는 상처가 아물면 안 된다. 붉음이 붉음으로 말해지듯 경계가 봉합되는 순간 논바이너리의 투명한 빛은 불투명해진다. 논바이너리의 인식과 존재론 그리고 그들이 사는 세계는 온통, 투명한 무규정의 빛으로 충만하다.

> 어떤 빛은 유령의 몸을 건너다닙니다.
> 어떤 빛은 유령입니다.
> 어떤 빛은 유령을 통과한 세계입니다.
>
> —「농담과 명령」 부분

"지구가 태양의 주위를 돈다는 사실은 가끔 우리에게 상처가 되었습니다"라는 유령들의 말은 주체와 객체, 그러니까 '나'와 '너'의 접속을 분리해버린 칸트의 코페르니쿠스적 전회에 대한 애도다. 유령들이 새로이 가져온 빛, 태초의 빛이 아닌 두번째로 당도한 빛은 태양과 지구 모두 운동하는 가능 세계를 연다. 지구가 태양의 주변을 도는 것은 유일무이한 진실이 아니다. 지구에서는 태양이 돌고, 태양에서는 지구가 돈다. 논바이너리의 빛

속에서 지구와 태양—'나'와 '너'는 두 개의 궤도를 동시에 돌 수 있는 별circumbinary planet이다.

4. 탈출한 나는 너를 사랑하려고

우리가 여기까지 오게 된 최초의 시작은 신원 미상의 시체 한 구 때문이었다. 바다에서 피가 묻지 않은 깨끗한 칼 한 자루를 보았고 우리는 점점 더 범인에게로 가까워진다. 이제 최후로 남게 되는 한 사람을 가정하게 된다("자, 정체를 들켜서는 안 되는 한 명의 범인을 상정하자", 「침범, 노이즈, 산성」). 범인을 상정하자고 제안한 '나'는 범인이 오려 만든 무작위로 배열한 문장들을 '너'와 함께 보고 있다. 그런데 '너'는 「돌과 입맞춤」에서의 '그'처럼 뒤돌아서 있다. 뒤돌아선 '그'는 주체의 일방적인 인식론적 시선의 인력에 저항하던 타자였다. 그렇다면 '너' 또한 '그'처럼 '내'가 오래도록 보고 싶었으나 결국 내게서 등 돌려 달아나려는 타자인가?

사건을 배열해보면, 봄에 시체 한 구가 발견되었고 '돌을 쥘 수 있는' 새로운 빛, 객체의 빛이 도래한 이후로 더는 타자(존재자)들이 존재의 바다에서 익사하는 일은 발생하지 않았다. 그렇다면 저 시체 한 구의 죽음은 필요한 죽음이었다고 말해볼 수 있을까? 범인은 우리

곁으로 점점 더 가까이 온다. 「면식범」일까? 힌트는 증식한다. 범인은 "좋아하는 방을 잃"은 사람, 그리고 어릴 때부터 피아노를 배워 "왼손 아래 고장 난 건반들을 좋아"하는 사람, 무엇보다도, "좋아하는 애"가 있는 사람이다. 여기에서 우리는 "하농 연습하며//단발머리와 결혼했다"(「하농 연습」)라고 말한 최초의 고백과 연주되는 피아노(「가정용 피아노」)를 떠올리고 자기의 방이 "모래로 된 천국으로 나를 옮긴다"라고 말한 이(「돌과 입맞춤」)를 떠올리지 않을 수 없다. 『세트장』을 경유하며 모은 이 단서들과 함께, 시체를 최초로 발견한 목격자에게로 다시 돌아가보자.

> 꿈속에서 장례가 한창이었다. 영정 사진 속에 베란다에서 찍힌 내 모습이 들어 있었다. 나는 상주와 악수했다. 절을 하려 했는데 인부 한 명이 나를 어깨에 얹어 장례식장 밖으로 걸어 나갔다. 벚꽃 흩날리는 거리에 나를 내려주고 돌아갔다.
>
> —「봄」 부분

불길한 예감이 엄습한다. 그 시신은 '나'의 시체다. 시체는 꿈을 통해 운반되었다. 꿈 역시 기계인 이 세계에서 '나'의 꿈은 무의식의 재현이나 반영이 아니라 다만 무의식이 생산해낸 결과물일 따름이다. 요컨대 우리가 추적한 살인은 '나'에 의해 생산된 결과이며 결국 이 사건은 '나'의 자아moi가 자기soi와의 연결 고리를 절단한 사건이었던 것이다. 자기동일성을 유실하지 않고도 이 단절이 가능했던 이유는 '나'가 시를 쓰는 사람이기 때문이다. 소설을 쓰는 R과 달리 과거-현재-미래로 이어지는 선형성을 좋아하지 않는 시인, 그 역시 준객체로서의 행위주체임과 동시에 그 객체들을 만들어내는 존재자이기 때문이다.

「한 글자 동물」에는 개와 새와 쥐, 그리고 오가 있다. 넷 모두 사랑하는 능력은 동일하게 있지만 "간밤의 꿈을 글로 쓰는" 동물은 오직 오뿐이다. 오의 그림자가 만드는 "사람 모양의 어둠 속"에서 나머지 셋은 "어리둥절한 얼굴들"로 덮인다. 이 퀴어한 한 글자 동물들 중에서도 유일하게 글을 쓸 수 있는 존재자는 특별하게 돌출한다. 그림자 속으로 덮이는 자가 아니라 덮는 자가 되는 것이다. 신의 얼굴 역시 그 안에서 발견된다. 절대자는 개와 새와 쥐와 같은 위상에 거주한다. 기도를 마무리하라는 말이나 "기도 대신 나무를 더 깎으세요"(「목조 호텔」)와 같은 목소리를 들으면서도 '나'는 입안에서 로비와 방과 신의 실수를 함께 우물거린다. '나'가 창조주의 실수라는 명제는 '나'가 대상으로서 갖는 특성이라기보다 '나'와 신이 맺는 관계성의 차원으로서 존재자의 바깥에 놓인다. 관계가 타자들의 외부에서 자라날 때 그 타자성은 최대한으로 확보되고 그렇기에 개, 새, 쥐, 그리고 오와 신이 갖는 타자성은 공평하게 훼손되지 않는다.

비인간 또는 사물이 젠더 정체성을 획득할 수 있는 세계라면 그것들의 섹슈얼리티, 그러니까 사랑은 왜 불가능하겠는가? 그런데 이 준객체가 제시하는 사랑의 모양은 몹시 단출하고 단순하다. 그리 복잡하거나 어렵지 않다. 그들은 단지 "사랑하거나 사랑하지 않으면서"(「한 글자 동물」) 걸어갈 뿐이다. 『세트장』에서의 사랑이 퀴어하다면 그것의 절대적 형태가 그러해서라기보다 그 행위주체들의 존재론적 지위가 발산하는 퀴어함이 그 사랑에도 스며들었기 때문일 테다.

'나'는 타자성으로 충만한 타자들과 관계하며 계속해서 차이를 생성할 수 있고 그러므로 '나'는 영원히 사랑할 수 있다. 논바이너리에게 있어 사랑하는 일은 끝없이 차이를 생산하는 일이다. "사랑을 위하여 창문에 선을 긋"고 "가로로 길을 자르고 세로로 구름을 자르고" "사랑을 위하여 점으로 진입한다"(「사랑을 위하여」). 그래서 '나'는 네가 씹던 껌으로 "벌써 몇십 년째 입을 우물거리고 있"(「껌 종이」)을 수 있고 "멀리서 네가 달려"오는 배경 뒤로 "노란 조명 피딱지 같은 꽃들"이 피어나는 그 벽을 향해 손가락을 뻗어 "우리의 윤곽 우리의 커브 우리의 실핏줄" 모두를 사랑할 수 있다(「사랑을 위하여」). 'ᅟ나soi'로부터 탈출하여 새로운 세계로 진입한 '나moi'

는 세상에서 가장 파기하기 어려운 관계성—바로 내가 나라는 바로 그 사실을 부서뜨리고 단지 '너'를 사랑하기 위해 달려간다.

나를 제외한 너의 전체를 사랑하기 위해, 네가 너를 보는 방식으로 내가 너를 사랑하기 위해. ▨